Arena-Taschenbuch
Band 50782

Weitere Bücher von Margot Berger im Arena Verlag:

In der Reihe »Pepper und Flo«:

Ein Wunschpferd kommt selten allein

Ferien auf der Sommerweide

Ritt ins Abenteuer

In der Reihe *»Eine wahre Pferdegeschichte«*:

Blindes Vertrauen

Auf der Suche nach Calido

Freundschaftsprobe

Entscheidung fürs Leben

Verhängnisvoller Verdacht

Kein Abschied für immer

Schwere Zeiten für Julia

Letzte Chance für Jana

Margot Berger

begann ihre Journalistenlaufbahn als Redakteurin bei großen Tageszeitungen und Frauenzeitschriften. Die begeisterte Reiterin und Pferdeexpertin lebte und arbeitete als selbstständige Journalistin und Schriftstellerin in Hamburg. Sie hat zahlreiche Bücher veröffentlicht.

www.margot-berger.de

Margot Berger

Pepper und Flo

Pepper in Gefahr

Arena

FSC
www.fsc.org
MIX
Papier aus verantwortungsvollen Quellen
FSC® C110508

1. Auflage im Arena-Taschenbuch 2015

Covergestaltung: Frauke Schneider unter Verwendung
eines Fotos von www.slawik.com
Umschlagtypografie: KCS GmbH · Verlagsservice & Medienproduktion, Stelle/Hamburg
Gesamtherstellung: Westermann Druck Zwickau GmbH
ISSN 0518-4002
ISBN 978-3-401-50782-8

www.arena-verlag.de
Mitreden unter forum.arena-verlag.de

Kurzes Intro von Flo

Hallo,
das hier ist kein normales Pferdebuch – du hältst nämlich im Grunde *zwei Bücher* in der Hand. Auf den ersten Blick kommt das Ganze als coole Geschichte über mich (Flo) und Pepper, das tollste Pferd der Welt, daher. Darin versteckt sich aber auch noch ein echter Ratgeber mit vielen Tipps und Infos.

Ein Pferd für mich allein – das war seit der ersten Reitstunde mein Traum. Doch als mein Wunsch tatsächlich in Erfüllung gehen sollte, stellte ich fest: Verflixt verzwickt ist es, ein Pferd zu kaufen und anständig zu betreuen. Zum Glück half mir Tapir, der *genialste* Pferdepfleger auf diesem Planeten. Und weil ich so extrem selbstlos bin, gebe ich seine Tipps gerne weiter. Du erkennst sie an den Minisymbolen neben dem Text:

Hier findest du alles, was man über Pferde, Pferdekauf, Pferdehaltung, Futter usw. wissen sollte.

Markiert die Stellen, an denen du etwas über das typische Verhalten von Pferden erfährst, über die Sprache der Pferde und über ihr Seelenleben.

Hier werden wichtige Begriffe und Regeln sowie Pferdekrankheiten erklärt.

Im Anhang (ab Seite 142) findest du außerdem eine Menge zusätzlicher Infos.

Nun aber los!
Flo Ende

1.

Natürlich kann die Sache auffliegen und dann handeln wir uns jede Menge Stress ein.

Andererseits – sollen wir uns wegen einer Stunde Gemecker um einen richtig guten Nachmittag bringen? Ausgerechnet heute, wo ich die ganze Zeit so ein schokoladiges Gefühl habe, dass die Welt absolut in Ordnung ist? Ist doch wirklich nichts dabei, wenn wir mit unseren Pferden in den Garten von Emilys Eltern ziehen. Schließlich kommen die erst abends spät zurück.

»Steht Fremdgrasen neuerdings im Strafgesetzbuch?« Grinsend stupse ich Emily an, die unschlüssig neben mir am Weidetor des Habichthofs steht. »Meinst du, dafür brummt uns jemand zwei Jahre Knast auf?«

»Du mit deinen Vergleichen, Flo.«

Immer steckt Emi voller Bedenken und damit ist sie das glatte Gegenteil von mir. Trotzdem halten wir eisern zusammen. Seit wir vor acht Jahren gemeinsam unsere Schultüten ausgepackt haben, ist Emi meine beste Freundin.

Unentschlossen guckt Emi in die sonnige norddeutsche Landschaft und schlenkert ihren Strick.

Zum Glück nimmt ihr Alpino die Entscheidung ab. Emilys blonder Haflinger löst sich gemeinsam mit meinem großen braunen Holsteiner Pepper aus der Herde und beide marschieren zielstrebig auf das Gattertor zu. Dicke Freunde sind die beiden. Genau wie wir.

»Na bitte, Alpi will es auch«, stelle ich zufrieden fest.

Wir öffnen das Tor und schließen es sofort hinter den Pferden. Bevor andere Vierbeiner auf die Idee kommen, neugierig hinterherzulaufen. Das können sie nämlich gut, sich blitzartig aus dem Tor drängen. Aber nicht mit uns.

Pepper grummelt, als ich ihn auf den Hof führe. Sanft streicht er mir mit seiner braunen Nase rechts und links durchs Gesicht.

»Ist ja gut«, murmele ich gerührt.

Mit kribbelndem Hochgefühl klicke ich den Strick ins Halfter. Im Vorübergehen tunkt Pepper sein Maul in die Regentonne und nimmt ein paar Schluck Wasser. Prustend und schnaubend schüttelt er sich die Tropfen vom Maul.

Ich gönne mir einen schnellen Blick in den Seitenspiegel des Landrovers, der auf dem Hof abgestellt ist. Heute bin ich ziemlich zufrieden mit meinem Äußeren, was selten der Fall ist. Mein honigblondes Haar weht lässig um die Schultern. Kann sein, dass ich nachher meinen Schwarm Vince aus der 10b treffe. Das wäre mal ein Knaller. Meistens sieht Vince mich nämlich, wenn ich gerade aussehe wie aus dem Gully gezogen.

Aber heute fühle ich mich wie im Paradies! Außer Pepper und Vince gibt es noch einen dritten Grund dafür und der lautet: SOMMERFERIEN! Seit exakt drei Stunden und zwölf Minuten haben wir frei. Sechs endlose Wochen ohne Lehrer.

Gleich trudeln die anderen Reitermädchen ein. Normalerweise freue ich mich auf meine Clique, nur heute will ich vom Hof sein, bevor jemand kommt. Um keine Fragen beantworten zu müssen. »Wohin verschwindet ihr?« – »Warum nehmt ihr uns nicht mit?« – »Weshalb sind eure Pferde dabei?«. Und so ein Zeug.

Ausnahmsweise will ich mit Emi allein feiern. Wir können schlecht die gesamte Clique in den Garten ihrer seltsamen Eltern schleppen.

Der Habichthof liegt still in der Julisonne, als wir aufbrechen.

»Deine Eltern werden nie davon erfahren«, sage ich, während wir eilig den Putzplatz überqueren. »Die Hufspuren im Rasen treten wir einfach wieder zu. Gut ist.«

Die grandiose Idee, den letzten Schultag zusammen mit unseren Pferden zu feiern, stammt von mir. Wir haben nämlich zwei riesige Anlässe zum Feiern:

1. Mein Zeugnis. Das ist überraschend okay ausgefallen. Zugegeben nur durch die Hilfe meines großen Bruders. Ohne Dani hätte ich mindestens eine Fünf kassiert. Aber was kann ich dafür? Wenn man ein eigenes Pferd hat, kann man nicht auch noch zur besten Schülerin des Jahrhunderts gekürt werden. Egal. Tatsache ist, dass ich das Schild 8a zum letzten Mal an meinem Klassenzimmer gesehen habe. Das Kapitel ist abgehakt.

2. Emilys Werbespot. Meine blonde Freundin hat zusammen mit ihrem ebenso blonden Haflinger ein Casting gewonnen. Der Werbespot ist gerade fertig gedreht worden. Im Stall können wir Emis Erfolg schlecht feiern, weil es da eine gewisse Melly Lanz gibt. Und eine gewisse Gloria Tanner. Mannomann, waren die sauer, als die Sache mit Emis Werbespot nicht länger zu verheimlichen war. Letzte Woche rückte das Filmteam »Supernova« auf dem Habichthof an. Melly und Gloria hatten sich beim Casting selber Chancen auf den Sieg ausgerechnet. Besonders Melly mit ihren rotblonden Engelslocken und dem kürzesten Minirock auf der nördlichen Erdkugel. Und dann diese Demütigung! Ausgerechnet Emi gewann, die scheue Maus. Die hatte Melly als Konkurrenz gar nicht auf dem Schirm. Erstaunlicherweise hat Melly Lanz die Niederlage besser weggesteckt als ihre Mutter Frau Dr. Lanz. Wenn ich für

das Wort »anstrengend« ein Gesicht finden müsste, würde ich sagen: das von Mellys Mutter. Die Frau Doktor Lanz sieht ihre einzige Tochter allen Ernstes als Filmstar auf Werbeplakaten.

Unsere Pferde folgen uns am Strick und heben erstaunt die Köpfe, als wir auf die Einfahrt neben Lennart Habichts Wohnhaus einbiegen. Diesen Weg sind wir noch nie mit den Pferden gegangen. Pepper spitzt die Ohren und orientiert sich, als wir die Anlage verlassen und an der Wiesenfeldstraße ankommen.

»In fünf Minuten sind wir schon da, Pepper.«

Hintereinander gehen wir die menschenleere Straße entlang, dann nehmen wir die Abzweigung zur Buchenallee, wo Emis Elternhaus liegt. Haus ist für das vanillegelbe Ungetüm das falsche Wort. Protzklotz trifft es eher. Die Villa liegt hinter einem hohen Eisenzaun. Zwischen den gemütlichen roten Backsteinhäusern an der Straße wirkt das gelbe Haus wie ein Fremdkörper.

Neben der Villa steht zwischen gedrehten Säulen ein breiter Carport. Dahinter geht es hinunter in eine Tiefgarage.

Emi schließt die Tür an der Carportrückwand auf und wir führen unsere Pferde durch den leeren Unterstand.

Pepper stößt ein kurzes Schnauben aus, als seine Hufe drinnen laut auf den Steinen hallen. Ich tätschele seinen Hals, als er seinen Schritt beschleunigt. »Alles gut, mein Junge.«

Im Vorbeigehen deponieren wir unsere Handys auf den Flügeln eines fetten Marmorengels, damit wir sie beim Spielen nicht verlieren, und ziehen weiter in den weitläufigen Garten. Ein verwildertes Stück Wiese empfängt mich.

Sonst breitete sich hier ein kurz geschnittener Rasen aus. Die Büsche sind nicht in Form gestutzt wie früher und in den Beeten wuchern Rosen, wilde Margeriten und Unkraut ungehindert ineinander.

Emi muss die Überraschung in meinem Gesicht sehen, denn sie gesteht schulterzuckend: »Seit wir kein Geld mehr haben, kommt der Gärtner nicht mehr.«

Ich winke ab. »Super. Die Pferde freuen sich über das lange Gras.«

Außer mir und meinen Eltern weiß niemand, dass bei Emis Eltern momentan das Geld knapp ist. Im Stall darf das natürlich nicht die Runde machen, sonst wird Emi Zielscheibe für dumme Sprüche. Meine Freundin musste im Frühjahr Schulden bei mir machen, um Alpinos Boxenmiete auf dem Habichthof bezahlen zu können. Gestern hat Emi mir das Geld komplett zurückgegeben. Vom Honorar, das sie von »Supernova« für ihren Werbespot bekommen hat. Der Spot für Shampoo läuft noch nicht, aber einzelne Fotos habe ich schon gesehen. Irre. Die kleine Emily mit wehendem blondem Elfenhaar neben ihrem Goldfuchs. Alpinos frisch gewaschene Mähne flattert im Wind. Ein Traumpaar.

Leider durfte ich bei den Filmaufnahmen genauso wenig zugucken wie die anderen Reitermädchen. Der Regisseur sagte: »Lenkt zu sehr ab. Emily soll total schüchtern rüberkommen. Wenn sie dich sieht, kichert sie am Ende noch.«

»Pah. Hier kichert keiner. Wir sind Profis.«

»Außerdem stört jede Farbe im Hintergrund. Was glaubst du, warum das gesamte Team schwarze Klamotten trägt.«

»Kann mich auch schwarz anziehen. Und ich halte mich unauffällig irgendwo hinten.«

Aber der Kerl blieb eisenhart. War überhaupt ein Stinktier, dieser Regisseur Sautenberg. Ewig mies gelaunt, arrogant und mit dem Herrschaftswissen über die Welt. Alles wusste er besser, sagt Emi. Obwohl der gesamte Werbespot im Fernsehen nur zwanzig Sekunden dauern wird, hat das Team von »Supernova« zwei Tage für die Dreharbeiten gebraucht. Zehn Leute. Zwei Tage. Für zwanzig Sekunden.

»Wenn ich so arbeiten würde, wäre der Habichthof schon lange pleite«, war Habis Kommentar.

Am liebsten hätte Regisseur Sautenberg direkt auf der großen Weide gefilmt. Mit allen Schulpferden im Hintergrund, weil die Sonne dort vormittags so malerisch durch die Pferdemähnen fällt. Das muss man sich mal vorstellen. Zehn blinde Nullen – pferdemäßig gesehen – mit Kameras, Leuchtstrahlern, Reflexionsschirmen und meterhohen Stativen auf der Weide. Selbstverständlich hat Habi abgelehnt. »Kommt gar nicht infrage. Pferde sind Fluchttiere. Was ist, wenn sie panisch davonstürmen? Die brechen sich ja die Beine.«

»Können wir denn für meinen nächsten Werbefilm ins Geschäft kommen? Mit rechtzeitiger Anmeldung?«, wollten die Filmleute wissen.

Aber so etwas läuft nicht mit Lennart Habicht. Seine Schulpferde sind ihm heilig. »Vergessen Sie's.«

Murrend verzog sich das Team ein Stück weiter auf den Sandweg. Das Licht ist dort genauso gut, bloß eben keine Pferde im Hintergrund. Nur der kleine Johnny, Habis sechsjähriger Sohn, durfte in die Nähe. Stolz lief er mit seinem neuen himmelblauen Fotoapparat umher. *Er* konnte nicht verjagt werden, weil die Filmleute Lennart Habichts Erlaubnis zum Drehen auf seinem Gelände brauchten.

»Deine Eltern sollen froh sein, wenn Pepper und Alpino ihnen das Rasenmähen abnehmen«, beruhige ich Emi.

Unsere Pferde stecken sofort die Nase in die Grashalme und beginnen zu fressen. Zuerst halten wir sie noch am Strick, um den Garten auf Giftpflanzen abzuchecken.

»Ich sehe giftige Buchsbaum-Kugeln auf der Terrasse«, stellt Emi fachmännisch fest.

Ich reiche Emi den Strick von Pepper und schleife die schweren Blumenkübel hinter den Terrassentisch. Emi entfernt die Führstricke und sofort macht sich Pepper zum Haselnussbusch auf, der vom Nachbarn herüberragt. Alpino zieht es zu den Birken unten am Graben, wo er den Kopf in den grünen Blättervorhang streckt.

»Ich hole Proviant«, verkündet Emi. Sie verschwindet im Haus und kommt mit einem vollen Korb zurück. Wir packen Becher mit Schokoladenpudding auf den Rasen, einen Karton Donuts, Kaubonbons, Lakritzschnecken, Chips, Apfelsaft.

»Für nachher«, sagt Emi. »Erst trainieren wir für die Gelassenheitsprüfung. Wir müssen noch Hufewässern üben und Überqueren einer Plastikplane. Das geht bei uns besser als im Stall. Da gucken zu viele zu.«

Emi besorgt eine kleine rosa Plastikwanne und platziert sie mitten auf dem Rasen.

Als ich einen Eimer Wasser darin ausleere, unterbrechen unsere Pferde ihr Abendessen und sehen mit gespitzten Ohren zu uns herüber.

Ich schlendere gemächlich zu Pepper und nehme ihn am Strick mit zu der rosa Wanne. Reichlich irritiert folgt er mir.

Als ich seinen linken Vorderhuf hebe und im Wasserbottich abstelle, starrt er auf das rosa Becken und auf sein

Bein, als hielte er mich und die Situation für absolut irreal. Aber mein kluges Pferd bleibt ruhig stehen.

Emi blättert in ihren Computer-Ausdrucken.

»Zehn Sekunden genügen. Pepper kann wieder raus. Super gemacht!«

Ich marschiere mit Pepper neben der Wanne auf und ab, während Emi Alpino holt und die gleiche Nummer abspult. Auch der Haflinger macht seine Sache wunderbar. Wir sind beide sehr zufrieden.

Die nächste Übung wird kniffliger. Während unsere Pferde grasen, breiten Emi und ich eine vier Meter lange schwarze Plastikplane auf dem Rasen aus. Ich rolle den Gartenschlauch aus und halte ihn hoch. Silbern rieselt eine Fontäne aus der Spritze. Argwöhnisch fixieren Pepper und Alpino den gelben Schlauch. Vorsichtig gehe ich damit auf Pepper zu. Mein Pferd wird immer größer, seine Augen auch. Langsam weicht er zurück. Ich lege den Schlauch aufs Gras und Pepper beschnuppert ihn ausgiebig. Dann streckt er ein Vorderbein aus, stupst den Schlauch mit dem Huf an und springt weg, als der sich dreht.

»Komm, Pepper, ganz ungefährlich«, locke ich. »Ich bin hier, dir kann nichts passieren. Du magst doch Wasser.«

Ich drehe den Schlauch zu, nehme Pepper am Halfter und führe ihn entschlossen zur wasserbedeckten Plane. Pepper stockt, als wir davorstehen. Zögernd setzt er seinen linken Huf auf die nasse Unterlage. Ich rede ihm zu und gehe zügig vorwärts. Pepper folgt mir mit tief gesenktem Kopf. Er stößt kurze Schnaublaute aus, als könne er so ergründen, wie tief diese unheimliche Wasserstraße ist. Plötzlich weht eine Ecke der Plane hoch und Pepper springt mit einem Satz über die Steinabdeckung auf den Rasen. Geduldig führe ich ihn zurück auf die Plane und nach einigen Wiederholungen klappt die Sache hervorragend.

»Toll«, sagt Emi. »Jetzt Alpino.«

Nach einer halben Stunde ist der Wasserschlauch ein guter Freund für Pepper. Alpino muss noch etwas üben. Übermütig spielt Pepper mit dem Wasserstrahl, schnappt danach und will ihn fressen.

»Ich taufe ihn um«, sage ich. »Ab sofort heißt er NPR. Nilpferd Pepper Rohde.«

»Riesig«, sagt Emi. Dann betrachtet sie den zertretenen Rasen und kratzt sich unruhig am Kopf.

Mit seinen 550 Kilo Gewicht hat Pepper ordentliche Hufspuren hinterlassen, aber Alpino auch.

»Wir treten die Löcher zu«, beruhige ich Emi.

Ihre Eltern sollen sich bloß nicht aufregen. Emi hat zehn Millionen zertretene Gärten gut. Sozusagen als Wiedergutmachung für das Nichtkümmern ihrer Eltern. Die interessieren sich einen Dreck für ihre einzige Tochter. Stattdessen macht Emis Vater undurchsichtige Geschäfte. Erst vor wenigen Wochen hat die Polizei das Haus durchsucht. Weiß niemand außer mir. TOP SECRET.

Wir lassen die Pferde grasen, legen uns neben sie in die Sonne, trinken Apfelsaft und futtern einen ganzen Karton Donuts leer.

Einträchtig fressen unsere Pferde Nase an Nase die Grashalme ab. Ein Spruch auf Mamas Teebeutel fällt mir ein, den sie gestern beim Frühstück vorgelesen hat. Meine Mutter liebt solche sinnigen Sprüche.

»Freundschaft ist eine Seele in zwei Körpern.«

So kommen mir Pepper und Alpi vor. *Eine* Seele in zwei Pferden.

Ich verschränke die Arme im Nacken und grunze vor Zufriedenheit. Im Moment besteht mein Flora-Rohde-Körper ausschließlich aus rosa Wärme und purer Schokolade.

Plötzlich schrecken wir auf. Lautes Kläffen dringt in den Garten.

2.

Hunde!« Beim ersten Bellen springt Emily auf die Beine. Sie läuft ein paar Schritte vor und späht am Haus entlang zum Carport.

»Ist die Tür richtig zu? Das muss ich nicht erleben, dass Hunde unsere Pferde jagen.« Sie stöhnt auf. »Mist, die Tür ist nur angelehnt.«

Das helle Kläffen geht in forderndes Gebell über. Diesen gebellten Befehl kenne ich doch. So bellt nur einer.

Emi und ich sehen uns an. »Avatar?«, sagen wir wie aus einem Mund – und da ist er auch schon.

Der kleine, freche Jack-Russell unserer Stallfreundinnen Tessy und Kriss zwängt sich durch die Tür. Mit wehenden Ohren stürmt etwas braun-weiß-schwarz Geschecktes den Gartenweg hinab und flitzt an uns vorbei zu Pepper. Wie ein Gummiball springt der Hund an seiner Brust hoch. Pepper senkt gutmütig grummelnd den Kopf. Der kleine Terrier ist regelrecht verliebt in mein Pferd. Es könnte die romantischste Liebesgeschichte seit Romeo und Julia werden, wäre Pepper nur einen Meter fünfzig niedriger. Oder Avatar eins fünfzig höher.

Woher kommt der Hund auf einmal? Emi zuckt die Schultern.

»Komisch. Kriss und Tessy lassen ihn doch nie aus den Augen.«

Von der Straße ruft jemand nach uns. »Emi, Flo! Seid ihr hier?«

Gleichzeitig schreit die Klingel durchs ganze Haus bis in den Garten. Draußen drückt jemand Dauerton.

Alpino wiehert.

Ich renne über die Terrasse durchs Wohnzimmer und reiße die Haustür auf.

Außer Atem steht Stallbesitzer Lennart Habicht draußen. Neben ihm sein kleiner Sohn Johnny. Halb verdeckt dahinter sehe ich die Zwillinge Kriss und Tessy mit ihren lustigen Zopf-Gesichtern. Aber fröhlich sehen die zwei heute gerade nicht aus. Sie hecheln genau wie Habi und Johnny, als kämen sie direkt von einem Marathonlauf.

»Sind eure Pferde hier?«, will Habi wissen. Sein Gesicht ist erhitzt.

Verständnislos starre ich ihn an. »Logisch.«

Habi grunzt wie ein wütender Stier, er schiebt mich einfach beiseite und setzt mit großen Schritten quer durchs Haus nach draußen.

»Hallo, was ist los, Herr Habicht?« Ich laufe ihm nach.

Emi wartet auf der Terrasse und sieht den Stallchef schuldbewusst an. Das ärgert mich. Emi mit ihrem ewigen Demutsverhalten! Dabei gibt es gar keinen Grund zum Schämen.

Es sind *unsere* Pferde, wir können hingehen, wohin wir wollen. Selbstbewusst blicke ich Lennart Habicht in die Augen.

»Habt ihr sie noch alle?« Habi schnaubt. »Wir haben eure Pferde beim Füttern vermisst. Kein Ton von euch, dass ihr mit Pepper und Alpino unterwegs seid. Sattel und Zaumzeug hingen im Stall. Natürlich dachten wir, eure Pferde sind ausgebrochen.«

Ich habe gerade eine witzige Antwort auf den Lippen, aber die steile Falte zwischen Habis Augen signalisiert: Im Moment hat er absolut keinen Sinn für Scherze.

Schon poltert er weiter: »Was glaubt ihr, wo wir überall gesucht haben! Eure Handys habe ich bis zum Anschlag vollgesprochen. Keine Reaktion von den Damen.«

»Um ein Haar hätten wir die Polizei angerufen«, sagt Tessy vorwurfsvoll.

Ihre Zwillingsschwester mit den exakt gleichen dünnen Zöpfen in Messingblond nickt und lässt eine Kaugummiblase zerplatzen.

Überrascht gucke ich auf die Uhr. Neunzehn Uhr. Um achtzehn Uhr wird gefüttert. Ach du Schreck. Total die Zeit verpennt.

Ich versuche, unseren Stallchef zu beruhigen, und erzähle bemüht heiter von unseren Wasserspielen und von Nilpferd Pepper Rohde. NPR.

Habi kontert grimmig: »NPR? Das ist wohl eher die Abkürzung für Nullchecker Primitivflora Rohde.«

Nullchecker! Primitiv! Das trifft mich im Innersten, weil die Stallleitung sonst große Stücke auf mich hält.

Langsam kehrt die Farbe in Habis Gesicht zurück. Trotz der Erleichterung wettert er weiter. »Ein Albtraum, wenn wirklich Pferde ausbrechen. Die schwersten Verkehrsunfälle können sie verursachen.«

Er holt tief Luft und mustert uns. »Von euch beiden hätte ich mehr Verstand erwartet.«

Johnny hält sich die Ohren zu und fängt laut an zu singen. Er hasst Streit und jedes laute Wort. Davon hat er sicher genug gehört, bevor seine Mutter ihn und seinen Vater bei Nacht und Nebel verlassen hat. Johnny ist ja erst sechs. Habi wuschelt seinem Sohn durch die blonden Haare und hebt ihn auf die Schultern. Mit einem Blick checkt unser Stallbesitzer den Garten. Wortlos zeige ich auf die professionell gesicherten Buchsbaum-Kübel hinterm Gartentisch.

»Na ja«, brummt Habi, »zumindest habt ihr sie nicht an Giftpflanzen herangelassen. Was Emis Eltern allerdings zu dem zertrampelten Rasen sagen, möchte ich lieber nicht hören.«

»Hab meinen Fotoapparat nicht mit«, kräht Johnny von oben. »So was Blödes. Ich will die Mülltonne knipsen.«

Seit er seine kleine himmelblaue Kamera besitzt, ist Johnny süchtig. Er fotografiert alles, was ihm in den Weg kommt, und guckt sich die Bilder unaufhörlich auf dem Display an. Klar, dass sein Akku ständig leer ist. Am liebsten fotografiert er Müll. Gerissene Halfter, leere Huffett-Dosen, krumm geschlagene Nägel. An einem umgekippten Mülleimer kommt er natürlich nicht vorbei!

»Ab in den Stall«, kommandiert Habi.

Unschlüssig sieht Emi auf die hufeisenförmigen Spuren im Rasen. »Ich muss vorher noch die Löcher zutreten, Herr Habicht.«

Die Zwillinge bieten an: »Das übernehmen wir.«

Emi streift ihr Schlüsselband vom Hals und wirft es Kriss zu.

»Toll. Schließt die Tür hinten im Carport ab, wenn ihr verschwindet. Sonst sind meine Eltern gleich alarmiert, wenn sie heimkommen.«

Pepper geht aufrecht an Herrn Habicht vorüber. Eindeutig ist mein Pferd sich keiner Schuld bewusst. Im Vorbeigehen greife ich mein Handy vom Marmor-Engel und checke die Anrufe. Fünf von Habi und Tapir. Dann drei Mal Papa.

Papa Nr. 1, ärgerlich: »Flora, was ist los? Herr Habicht rief mich vorhin zu Hause an. Ich bin gerade heimgekommen. Ruf sofort zurück. Papa.«

Papa Nr. 2, leicht besorgt: »Flo? Geh ran. Du hast dein verdammtes Handy doch sonst immer an. Sobald du die Mailbox abhörst, rufst du zu Hause an.«

Papa Nr. 3, deutlich verstört: »Flöhchen? Kind, wir machen uns Sorgen. Bist du mit Emily und deinem Pferd ohne Sattel im Gelände? Hoffentlich ist nichts passiert. Mama wird verrückt, wenn sie gleich nach Hause kommt. Mensch Flöhchen …«

Ich fühle mich mies. Das hat Papa nicht verdient, dass er meinetwegen Bauchschmerzen bekommt.

Zum Schluss ist Mama drauf.

»Flöhchen? Wir sind alle völlig fertig. Jetzt ist es fast sieben. In einer halben Stunde alarmieren wir die Polizei, wenn wir nichts von dir hören. Bei Emi zu Hause meldet sich auch niemand. Hoffentlich bis gleich. Mama.«

Um Himmels willen. Ich muss so schnell wie möglich zu Hause anrufen. Arme Mama.

Nur noch rasch die SMS meines Bruders Dani lesen.

Bist du heimlich mit Vince unterwegs? Hättest mir eine Info geben können. Melde dich. Dani.

Mein großer Bruder Dani ist der Einzige, der etwas von Vince und mir weiß.

Sofort sehe ich Vince' Gesicht vor mir, seine grünen Augen mit den lustigen kandisbraunen Pünktchen darin. Und die süße Armbewegung, mit der Vince andauernd sein braunes Haar hinters Ohr streicht. Schlagartig bessert sich meine Laune. Wir sind drei Viertel zusammen. Noch nicht richtig, aber klar ist, dass ich Vince Weises Favoritin auf dem Habichthof bin. Da kann Melly ihn noch so heftig anbaggern. Geküsst haben wir uns auch schon.

Meine Eltern müssen nichts Genaues über Vince wissen, sonst kann ich mir stundenlang anhören, dass sie selbst mit vierzehn noch die reinsten Pamperskinder waren.

»Hoffentlich ist dein Handy bald verschwunden«, mosert

Herr Habicht, als wir auf die Wiesenfeldstraße einbiegen. »Mit Telefon in der Hand bist du unfähig zum schnellen Zupacken, falls Pepper scheut.«

Noch nie einen Fehler gemacht, Herr Professor? Leider hat er recht.

Hastig stecke ich das Handy ein. Ich gehe mit Pepper das letzte Stück die Wiesenfeldstraße hinunter. Gut, dass seine Hufe so laut auf dem Asphalt klappern. Da fällt es kaum auf, dass Habi und ich uns den Rest der Strecke konsequent anschweigen.

Kann sein, dass Herr Habicht sich über uns ärgert, aber *ich* bin auf mich selbst noch wütender, weil ich nicht an die Folgen unseres kurzen Ausflugs gedacht habe.

Hoffentlich schmiert Lennart Habicht mir die Sache mit dem Gartentrip nicht die nächsten sechs Ferienwochen aufs Butterbrot.

Die Ferien fangen irgendwie suboptimal an.

3.

Emis Eltern fällt natürlich nichts auf, aber die merken ja nie was. Dafür verbreitet sich die Sache mit unserem Gartenausflug im Stall wie ein Flächenbrand.

Kaum biegen Emi und ich am nächsten Morgen in die Stallgasse ein, fällt Janne lachend über mich her. »Das muss einem erst mal einfallen, den heiligen Garten von Emis Eltern zu verwüsten.«

Noch nicht mal elf Uhr und schon weiß die gesamte Clique über unsere »Flucht« Bescheid.

Leonie scherzt: »Wenn ihr nächstes Mal abhaut, sagt uns Bescheid, dann nehmen wir die Schulpferde mit.«

»Warum seid ihr mit den Pferden nicht zu Tarek Döner essen gegangen?«, will Melly mit süffisantem Grinsen wissen. »Dann hättet ihr noch mehr Aufsehen erregt.«

Lauter solche Sprüche.

Reicht es nicht, dass ich mir gestern von meinen Eltern eine saftige Predigt anhören musste? *Gedankenlosigkeit* und *mangelndes Verantwortungsbewusstsein* zählten noch zu den nettesten Bezeichnungen. Nur weil Daniel und Papa gestern unerwartet Tickets für das Riesen-Fußballturnier am Freitag bekommen haben, geriet die Angelegenheit irgendwann in den Hintergrund. Die beiden Rohde-Männer freuten sich wie Schneekönige über die Karten. Insgeheim danke ich allen Fußballvereinen der Welt für ihre Existenz. HSV, Schalke, Borussia Dortmund, AC Mailand, FC Barcelona und wie sie alle heißen, die Freitag in Hamburg spielen sollen. Acht Meister-Mannschaften laufen auf.

Es reicht mit der Anmache im Stall. Emi gibt mir mit den

Augen ein Zeichen, die Kurve zu kratzen. Wir schnappen uns Schubkarren, Mistforken und Schaufeln.

»Dieses Mal fliehen wir wirklich«, rufe ich Janne vom Hof zu. »Vor euren Sprüchen.«

»Aber nur zum Pferdeäpfelsammeln auf die Weide«, ruft Emi hinterher, bevor sich neue Horror-Gerüchte verbreiten.

Wir schieben unsere Karren zum Weideeingang. Das Tor steht weit offen, Habi hat die Pferde zum Füttern in die Boxen geholt.

»Hoffentlich erkennt Habi unsere Schufterei als Wiedergutmachung an«, sage ich, während der Stallchef in einiger Entfernung düster an uns vorbei zum Stall marschiert. Oh je, sein Regenwolken-Gesicht spricht Bände. Er ist noch sauer auf uns. Schon gut, Herr Habicht, wir wissen inzwischen, dass unser kleiner Ausflug eine glatte Sechs war.

»Wenn er nachher seine blitzblanke große Weide sieht«, hofft Emi, »wird sich seine Miene schon aufhellen.«

Pferdeäpfelmäßig sind wir eigentlich nur für die kleine Weide zuständig, wo Pepper und Alpino mit den drei anderen Privatpferden stehen, mit Skagen, Odin und Grazius. Aber diese Koppel ist im Moment gesperrt, weil Habi und unser Pferdepfleger Tapir einen Entwässerungsgraben durch die feuchte Weide ziehen wollen. Im Frühjahr haben Emi und ich tagelang Sauerampfer und Hahnenfuß ausgestochen, die das Gras verdrängen, aber das ist ja keine Dauerlösung.

»Wann ist Habi endlich mit der Graberei auf unserer Weide fertig?«, fragt Emi und stützt sich auf die Forke.

Ich grinse sie an. »Vielleicht nie? Vielleicht macht er eine Umschulung zum Maulwurf?«

»Dann hätte er wenigstens schönes Fell auf dem Kopf.« Emi spielt auf Habis rasierte Glatze an. »Wetten, dass dein Pepper demnächst mehr im neuen Wassergraben steht als auf der Weide? Nilpferd Pepper Rohde. NPR.«

Peinlich berührt kneife ich die Augen zusammen. »Erinnere mich bloß nicht an diese Abkürzung. NPR. N wie Nullchecker, sagt Herr Habicht. Furchtbar.«

Die erste Schubkarre ist schon voll, wir nehmen uns gleich die zweite vor und werfen von rechts und links Pferdeäppel in die Blechwanne.

»Unsere Pferde haben sich toll wieder bei den Schulpferden eingegliedert«, sagt Emi zufrieden. Sie klopft die oberen Äpfelhaufen fest, damit wir mehr stapeln können. »Nur Bono und Pepper mussten sich natürlich zoffen...« Sie kichert.

Tatsächlich hatten die zwei eine kurze Auseinandersetzung. Der Westfale Bono hat die Leitung der Schulpferde übernommen, seit Pepper auf der Nachbarweide steht. Ich hatte ganz schön Bammel, ob sie sich an den Hals gehen würden. Aber dann lief alles schnell und sauber ab. Die beiden haben sich ein paar Mal umkreist und in die Knie gezwungen – dann gab Bono nach. Der Westfale ging rückwärts. Pepper war wieder die Nummer eins. Bono findet das okay, glaube ich. Pferde sind da schmerzfreier als Menschen. Das Wort »Führungsposition« ist in ihrer Welt eher unwichtig.

»Wenn ich meinen Vater mit einem Pferd vergleiche...« Ich muss lachen. »Sollte jemand Papa seinen Posten bei der Versicherung streitig machen, würde ich mich zu Hause aber schnell verkrümeln, um nicht in seine Hacklaune zu geraten.«

Emi pikt mir den Forkenstiel in die Rippen.

»Was du immer hast. Ich wäre froh, wenn ich so einen Vater hätte.« Ein Schleier senkt sich über ihr Gesicht und ich wechsele rasch das Thema.

Muss ich ohnehin, denn Melly kommt angelaufen und schwenkt aufgeregt die Arme über dem Kopf. Die sucht doch sonst nicht unsere Gesellschaft.

»Pepper ist ausgebrochen«, schreit Melly, während sie durch die Galopplöcher im Gras stolpert. »Die Tür zum Parkplatz stand offen. Er ist durch und weg.«

Sofort drehe ich mich auf dem Absatz um und renne an Melly vorbei zum Stall. Die Mistgabel lasse ich einfach im Gras liegen.

»Warte doch«, ruft Emi mir nach, aber ich hetze vorwärts, renne aus dem Tor über den Hof, der verlassen in der Sonne brütet. Sicher sind schon alle vorn heraus zur Wiesenfeldstraße und suchen nach Pepper.

Mein Herz hämmert, als ich in die Stallgasse schieße.

Überrascht sehen die Pferde von ihren Futtertrögen auf. Auf einen Blick erkenne ich, dass Peppers Boxentür am Ende der Stallgasse geschlossen ist. Und dann sehe ich auch meinen Schatz. Groß und braun und schön steht er hinter der halbhohen Gittertür, hebt den Kopf und brummt leise, als ich atemlos vor ihm stehen bleibe.

Mir schießen die Tränen in die Augen. Schluchzend falle ich Pepper um den Hals und er reibt seinen Kopf an meiner Schulter. Das war nur ein blöder Scherz. Aber ein selten blöder.

Auf der Stallgasse kichert es verhalten. Mit zusammengekniffenem Mund drehe ich mich um. Feixend steht die halbe Stallbesatzung da. Melly eingeschlossen. Die haben mich veralbert! Um mir den unangemeldeten Ausflug von gestern heimzuzahlen.

Von hinten zieht jemand an meinen Haaren. Tessy und Kriss, die Zwillinge.

»Nun guck nicht so sparsam«, sagt Tessy. »Ist ja alles gut. Natürlich war Pepper nie weg.«

»Aber einen Denkzettel konntest du vertragen, nachdem du uns gestern so aufgeregt hast«, fügt Kriss hinzu. »Einfach klammheimlich verschwinden, ts, ts, ts.«

»Mich hätte vor Schreck der Schlag treffen können«, sage ich. »Warum fahrt ihr nicht endlich in die Ferien, damit Emi und ich Ruhe haben?«

Janne zuckt die Schultern. »Geht erst Samstag los. Bettenwechsel in Dänemark.«

Melly verkündet: »Auf Sylt auch. Ich fahre Samstag los, mit meiner Mutter.«

»Wir auch. An die Ostsee«, wirft Katta ein.

Gloria sagt anklagend: »Ich muss nach Südafrika.«

Wie sie MUSS betont. Richtig gemein. Schließlich können ein paar von uns überhaupt nicht verreisen, nicht mal auf den Campingplatz am Großensee. Also muss Gloria ja wohl nicht ihr Maul meterweit aufreißen, um allen zu verkünden, dass ihre Eltern im Geld schwimmen und mit ihr nach Südafrika fliegen.

Außerdem will ich sowieso nichts von Ferien hören, dann müsste ich nämlich an unseren Familienurlaub denken. Zum Glück planen meine Eltern die Nordseetour erst Ende Juli, aber bis dahin muss ich wissen, wer Pepper versorgt. Emi bleibt zwar in Haverstedt, aber ob sie das allein schafft? Ich müsste mich endlich mit dem Thema Reitbeteiligung befassen, will ich aber nicht.

»Achtung! Peppers Tür steht offen«, ruft Katta plötzlich. Diesmal drehe ich mich nicht um und bin stolz darauf.

»Wer einmal lügt, dem glaubt man nicht«, sage ich und

wackele mit dem Zeigefinger wie Englischlehrerin Fischer, wenn ich eine falsch vorgesagte Vokabel aufsage. »Noch mal falle ich nicht auf euch rein, ich schwöre.«

4.

Aber dann kann ich doch nicht über meinen Schatten springen. Emi auch nicht. Als unsere Clique es am nächsten Tag mehrmals darauf anlegt, Emi und mich aufzuziehen, fallen wir prompt darauf rein.

»Flo, dein Pferd ist weg.«

Schon renne ich hektisch zu seiner Box. Natürlich steht er drin und mustert mich verwundert.

Oder: »Flo, ich glaube, Pepper ist gestohlen worden.«

Wie ein Olympiasprinter rase ich zur Weide und suche meinen Braunen.

Oder: »Emily, komm schnell, jemand hat Alpinos Mähne abgeschnitten.«

Das sind die Scherze, die wir uns am Mittwoch und Donnerstag anhören müssen.

Als ich Freitagvormittag in Peppers leerer Box stehe und seinen Trog scheuere, schwöre ich mir, mich nicht aus der Ruhe bringen zu lassen. Da müsste schon jemand in den Stall stürzen und schreien: »Peppers Schweif steht lichterloh in Flammen.«

Nein, auch dann nicht. Aus die Maus.

Pfeifend befeuchte ich die im Trog angepappten Haferreste mit Wasser. Pepper liebt Mash, das warme Körnerfutter, bei dem die Reste leider bombenfest auf dem Metall kleben bleiben. Heute Abend koche ich ihm wieder sein Lieblingsfutter.

Sorgfältig löse ich mit meinem Hufkratzer die Körner vom Stahlblech. Melly und Gloria holen gerade die Pferde zum Füttern von der Weide. Sonst erledigt das Tapir, aber heute Morgen arbeitet er in seinem Halbtagsjob als Jurist und ist beim Gericht. Habi bringt gerade seinen Johnny zur Tagesmutter und besorgt Lecksteine.

In allen anderen Futterkrippen liegt schon Kraftfutter, nur in Peppers Trog nicht. Ich muss mich mit dem Putzen beeilen. Wenn Pepper beim Hereinkommen keinen Hafer findet, macht er einen Riesenaufstand.

Draußen wird es unruhig. Ich hänge mich über die halbe Boxentür und studiere den Hofausgang. Tobt unsere Herde schon heran? Doch statt der Pferde stürmen nur Melly und Gloria in die leere Stallgasse.

Mellys Flipflops klatschen auf dem Betonboden. Stirnrunzelnd betrachte ich Mellys superkurzen Minirock in Lachsrot. Sie wartet nur darauf, Vince wieder anbaggern zu können. Als Einzige erscheint sie ständig in flippigen Sachen im Stall.

»Die Weide ist leer!« Gloria und Melly schreien wild durcheinander. »Alle Pferde sind ausgebrochen!«

Ach nein! Wieder die tägliche Nummer. Ungerührt schrubbe ich weiter.

»Ist klar«, sage ich. »Fällt euch nichts anderes ein?« Sorgfältig schüttele ich die nasse Wurzelbürste aus und rubbele die aufgeweichten Futterreste weg.

Melly greift in die Metallstäbe der Box und versucht, daran zu rütteln.

»Mann, Flo! Das ist echt wahr.«

»Logisch. Und ich bin der Herr der Ringe.«

Melly stampft mit dem Fuß auf und dreht sich um ihre eigene Achse. Die langen Engelshaare fliegen um ihr Gesicht.

»Nein, nein, nein. Diesmal stimmt es wirklich.«

»Verzieh dich. Mir tun die Ohren weh, wenn ich dir zuhören muss, Melly Lanz.«

Gloria rückt mir so nahe auf die Pelle, dass ihre schwarz gefärbten Haarfransen meinen Arm streifen.

»Komm mit, Flo. Kein Fake. Die Weide ist leer! Und der Zaun total kaputt!«

»Es reicht. Abflug.«

Mit dem Fuß schiebe ich den Wassereimer näher heran.

»Sie glaubt uns nicht«, ruft Melly den Zwillingen entgegen, die mit hochroten Köpfen vom Hof hereinrennen.

»Doch Flo«, brüllt Tessy. »Alle Pferde weg.«

»Der Zaun ist niedergetrampelt«, schreit Kriss hinterher. Und dann erscheint auf der Stallgasse die einzige, der ich absolut vertraue. Emi. Die Art, wie sie starr vor Schrecken zu Peppers Box stakst, verheißt nichts Gutes.

Emi sieht aus, als flösse kein Tropfen Blut mehr durch ihre Adern. Mir wird flau im Magen.

»Emi, stimmt das?«

Meine Freundin senkt stumm den Kopf. Ihre Mundwinkel beben.

Wie ein Blitz durchzuckt mich der Schreck. Aber ich glaube es trotzdem nicht. Ich *will* nicht glauben, dass unsere Pferde ausgebrochen sind. Unmöglich, dass eine solche Tragödie mitten in den Ferien in mein Leben knallt. Ausbruch würde bedeuten: Lebensgefahr für Pepper. Lebensgefahr für *alle* Pferde. Lebensgefahr für Menschen, die umgerannt werden. In ihrem Fluchtreflex rennen Pferde kopflos über Straßen, vor Fahrräder, vor Autos, vor Lastwagen.

Nein, ich kann der Meute im Stall nicht trauen. Wie oft die mich schon reingelegt hat. Ich lasse mir doch die großen Ferien nicht verderben.

Emis Schultern zucken, als ob sie weint. Stimmt die Sache mit dem Ausbruch etwa doch? Emi lügt nicht. Wenn ich meine zitternde Freundin angucke, weiß ich: Es ist wahr.

Bei dem Gedanken daran werden meine Arme zu Gummi. Ich vergesse, dass ich Peppers Bürste in der Hand halte. Sie rutscht mir aus den Fingern und platscht in den vollen Eimer. Meine roten Bermudas bekommen einen Schwall Wasser ab. Langsam tropft es über meine nackten Schienbeine und läuft in die hohen Turnschuhe.

Vor mir glänzt das frisch geputzte Metall von Peppers Trog. Plötzlich pocht das Blut unter meiner Schädeldecke. Die Kehle wird mir eng und ich muss ganz schnell ein paar Mal schlucken. Meine Augen kleben an Peppers Trog, als gäbe es nichts Wichtigeres auf der Welt als das geputzte Blech.

Alles, was mir einfällt, ist: Wird Pepper je wieder aus diesem Trog fressen?

Plötzlich steht Janne neben mir. »Nicht heulen, Flo.«

Heulen? Ich könnte gar nicht heulen, weil ich zu einem Eisblock erstarrt bin.

Janne tippt mich an. »Wir finden sie. Alle.«

Automatisch nicke ich. Die Bewegung lockert meine Angststarre. In meine Beine kommt wieder Leben. Ich schiebe mich an Janne vorbei aus der Box und renne los.

»Warte doch, Flo. Wir kommen mit«, ruft jemand.

Wir rasen über den Hof und den Sandweg zum abgelegenen Ende der Weide. Direkt vor der letzten Koppelecke, die man vom Stall kaum sehen kann, halten wir an. Ich bin völlig aus der Puste.

Wo heute Morgen noch der stabile Zaun stand, fehlen jetzt vier oder fünf Querstangen. Halb verdreht liegen sie an der Seite und ragen anklagend in den Himmel. Eine breite Lücke klafft. Am Boden sind eine Menge Hufeindrücke zu sehen, die über den Sandweg ins Gelände führen.

Sofort hole ich mein Handy heraus und drücke Habis

Kurzwahl. Nervös trete ich von einem Bein auf das andere. Endlos geht der Ton hinaus.

Mach schon, geh ran. Nichts. Auch keine Mailbox.

Verzweifelt fahre ich mir durch die Haare.

»Typisch Habi. Nicht angestellt.«

Gloria zückt ihr teures Smartphone, hüpft von rechts nach links und fotografiert die ganze Szene von allen Seiten. Hufspuren, Zaun, abgerissene Stangen.

»Was soll das denn? Wenn du jetzt anfängst, Statusmeldungen abzugeben«, fauche ich sie an, »kriegst du Ärger mit mir. Verdammt, wir müssen sofort einen Suchplan machen.«

Wie kann Gloria in diesem Moment nur an ihre dämliche Seite denken!

Beleidigt packt Gloria ihr Handy weg. »Pah, das ist natürlich für die Polizei. Wer weiß, wie viele Leute hier gleich alles kaputt trampeln. Fällt euch eigentlich nichts auf?«

Ich bin viel zu aufgeregt, um sorgfältig hinzuschauen.

»An dieser Stelle ist kein Pferd galoppiert«, beantwortet Gloria selbst ihre Frage. Sie zeigt auf den Rand der Koppel. »Sonst müssten jede Menge Grasstücke herausgefetzt worden sein. Sind sie aber nicht. Alles glatt.«

Ehrlich gesagt bin ich beeindruckt von Glorias Beobachtung. Sollte sie ein paar gute Eigenschaften besitzen, die ich bisher übersehen habe?

Janne pfeift durch die Lücke zwischen ihren Vorderzähnen. »Scheint fast so, als wären unser Pferde einfach herausspaziert«, stellt sie fest.

»Und warum ist dann der Zaun total kaputt?«, will Katta wissen.

»Wollt ihr hier Wurzeln schlagen? Klären wir alles später«, unterbricht Leonie ungeduldig. »Wir müssen sofort die Suche starten. Wir können nicht auf Habi warten. Wer weiß, wann er zurück ist.«

Alle Blicke fliegen auf die Armbanduhren.

»Frühestens in zwanzig Minuten«, stellt Emi fest.

Wir rennen zurück zum Stall, um Halfter und Stricke zu holen.

»Habi sagt immer, er will keine Halfter auf der Weide, weil die Pferde sich damit aufhängen können«, ächzt Tessy neben mir. »Aber jetzt wären sie praktisch. Hoffentlich bekommen wir die Pferde zu fassen, wenn sie aufgeregt sind.«

»Dazu müssen wir sie erst mal finden«, keucht Kriss in meinem Nacken.

Auf dem Hof teilen wir elf uns in aller Eile auf. In fünf Gruppen schwärmen wir in verschiedene Richtungen aus. Emi und ich, Kriss und Tessy, Janne und Lina, Maxie und Leonie, Melly, Gloria und Katta.

Emi und ich übernehmen die Nachbarn an der Wiesenfeldstraße, wo der Habichthof liegt.

Blitzschnell simse ich an Vince und Ferdi. Unsere Jungs, die zwar keine Reiter sind, aber im Stall helfen, sind irgendwo in Haverstedt unterwegs.

Hi Vince und Ferdi, Alarm!!! Unsere Pferde sind ausgebrochen. Kein Witz. Augen offen halten. Fragt herum. Flo, Emi.

Wir hängen uns ein paar Halfter und Stricke um und laufen los. Leer und ohne einen einzigen Pferdeapfel liegt die wenig befahrene Wiesenfeldstraße vor uns.

»Vielleicht stehen sie ja in einem Vorgarten und grasen«, japst Emi hinter mir. »Nicht so schnell, Flo, sonst verliere ich die blöden Clogs.«

Sie trägt noch die grünen Gummischuhe, die sie immer zum Putzen anzieht. In gedrosseltem Tempo rennen wir zu den Wohnhäusern an der Wiesenfeldstraße, die ein Stück entfernt vom Habichthof stehen.

5.

Wir klingeln Sturm am ersten Nachbarhaus. Niemand öffnet. Weiter. Das nächste Haus ist das rote mit dem spitzen Giebel, wo die obernette Frau Kern wohnt. Jedes Jahr Weihnachten bringt sie uns Möhrensäcke zur Pferdebescherung. Für eine Erwachsene ist sie absolut brauchbar.

Als Frau Kern öffnet, trägt sie Topflappen-Handschuhe bis zum Ellenbogen. Aus dem Flur weht uns der Duft von Kuchen entgegen.

»Unsere Pferde sind ausgebrochen«, sage ich ohne Umschweife. »Haben Sie etwas beobachtet? Bitte sagen Sie Ja.«

Frau Kern schlägt die Topflappen über dem Kopf zusammen. »Oh, wie schrecklich. Nein, hier waren sie nicht. Pferde hätte ich vom Fenster aus gesehen.«

»Rufen Sie bitte sofort im Stall an, falls Sie doch noch was entdecken?«

»Aber sicher. Mache ich.«

Wir rennen weiter.

Im Vorgarten des alten Doppelhauses nebenan sind zwei Männer dabei, einen Rasen neu anzulegen. Der Große walzt die dunkle Erde platt. An den Seiten der Beete sprießen feine grüne Grasspitzen. Zartes Lieblingsgras von Pepper. Wärst du doch hierhergelaufen, Pepper.

»Sind hier vorhin Pferde entlanggerannt?«, rufe ich über den Zaun.

Beide sehen sich an und schütteln den Kopf. Der Große mit der Stoffhose hört auf zu walzen.

»Zumindest nicht in der letzten halben Stunde. Sind beim Habichthof Pferde ausgebrochen?«

Emi nickt.

»Was sollen wir machen, wenn wir sie sehen?«

»Am besten in den Garten lassen und Tor schließen.«

»Was? Die zertrampeln uns die neue Rasenanlage, Mädchen. Weißt du nichts Besseres?«

Wie kann man in diesem Moment an Grashalme denken? »Das bezahlt die Versicherung«, sage ich schnell. »Ach bitte, lassen Sie die Pferde nicht wieder weg, falls sie auftauchen. Stellen Sie sich bloß vor, die laufen vor ein Auto. Was da alles passieren kann.«

»Wir passen auf«, verspricht der Kleinere in den Jeans. Ich traue ihm nicht. Nie im Leben lassen die Kerle Pepper in ihren vornehmen Vorgarten. Ich nehme mir vor, nachts ihren dämlichen Jungrasen zu zertrampeln, sobald Pepper wieder da ist. Für den fiesen Gedanken gebe ich mir einen Punkt auf meiner *Fiese-Flora-Skala,* die ich heimlich im Kopf für kleine Gemeinheiten führe.

»Komm, Flo.«

Emi drängt. Sie steht bereits vor dem nächsten Haus, einem viereckigen Backsteinkasten, umschlossen von einem hohen Zaun aus alten Eisenstangen. Hinter der Einzäunung tigert ein großer schwarzer Dobermann hin und her. Unvermittelt schießt er ans Gartentor, richtet sich zu voller Größe auf und bellt uns an.

Das Tor ist abgeschlossen. Ich klingele drei Mal neben dem Schild »Küfer«. Oben steht ein Fenster offen, da muss jemand zu Hause sein.

»Ja?«, schnarrt endlich eine Stimme aus der Gegensprechanlage.

Schnell sage ich meinen Text auf.

»Pferde, nein. Hätte ich bemerkt.«

»Danke.«

Aus dem Lautsprecher ruft es uns nach: »Wartet noch.

Bin früher selber geritten und hab noch ein paar Halfter und Stricke. Könnt ihr die gebrauchen? Für die Suche?«

Emi dreht sich sofort um. »Ja, klar.«

Kurz darauf erscheint in der Haustür ein sportlicher, mittelalter Mann im Tennisdress, der den Dobermann sofort zurückpfeift.

»Hierher, Digger.«

Er hält seinen Hund am Halsband fest, während er den Öffner hinter der Tür betätigt. Am Eisentor summt es und das Gartentor dreht sich nach innen auf. Aufmerksam mustert der Dobermann Emily und stößt einen kurzen Warnlaut aus, als sie todesmutig auf das Haus zumarschiert. Wenn es um ihren Schatz Alpino geht, wächst Emi über sich hinaus und scheut weder Tod noch Teufel. Wo sie solche Angst vor großen Hunden hat. Ich warte lieber draußen.

Mit drei dunkelbraunen, hart gewordenen Lederhalftern und vier grauen Führstricken kehrt Emi im Laufschritt zurück.

Wir hasten weiter. Frau Spieß. Frau Rasmuss. Herr Drebber. Frau Lindenberger. Herr Dillmann.

»Haben Sie die Pferde vom Habichthof gesehen?«

»Haben Sie Hufeklappern gehört?«

Jedes Mal ernten wir nur Kopfschütteln.

Nach einer halben Stunde sind wir durch. In der Wiesenfeldstraße gibt es keinen einzigen Hinweis auf unsere verschwundenen Pferde. Ich zwinge mich, immer an die gesamte Herde zu denken und nicht an Pepper. Irgendwie finde ich das weniger bedrohlich.

Jetzt aber nichts wie zurück.

»Hoffentlich ist Habi wieder da«, sage ich, als wir am Hof ankommen.

Von der Straße aus sehe ich die Fahrradständer leer in

der Sonne blinken. Die anderen Teams suchen also noch. Ein Stück vor uns rollt Habis schwarzer Geländewagen in die Einfahrt. Unten steigt Habi aus, räumt die Salzlecksteine heraus, geht in den Stall, ist sofort zurück und läuft über den Hof wie ein aufgescheuchtes Huhn. Auf den Armen balanciert er noch die Lecksteine.

»Was ist hier los, Flo?« ruft er mir zu, als er uns von der Straße herbeilaufen sieht. »Wo sind die Pferde? Ihr solltet sie doch zum Füttern von der Weide holen.«

»Ausgebrochen, Herr Habicht«, schreie ich ihm entgegen. »Alle ausgebrochen!«

»Was?« Er lässt die Lecksteine auf die Motorhaube sinken und starrt mich an, als Emi und ich atemlos vor ihm stehen bleiben.

»Sag, dass das nicht stimmt, Flora.«

Als wir ihn nur schulterzuckend ansehen, begreift er, dass es wirklich wahr ist.

»Seit wann?«

»Wir schätzen zwischen zehn und elf Uhr. Um zehn haben wir sie noch draußen gesehen. Elf Leute sind unterwegs und suchen. Schon eine halbe Stunde.«

Am Ende der Weide erkenne ich zwei Gestalten ohne Pferd. Von einem Mädchenkopf stehen schwarze Rastazöpfe ab. Lina.

»Da, Lina und Janne kommen.«

Hoffnungsvoll sehen wir den beiden entgegen, die ihre Räder über den Reitweg schieben, weil sie im Sand nicht fahren können. Als sie uns vor dem Geländewagen erspähen, schwenkt Janne mit trauriger Bewegung einen Arm und schüttelt den Kopf.

»Also nichts«, sagt Herr Habicht. Seine Kieferknochen malmen, als er sich auf die Motorhaube stützt.

»Katastrophe«, murmelt er. »Katastrophe.«

Er zieht sein Handy hervor. Deutlich kann ich sehen, dass Habi 110 tippt. Sein Blick macht mir Angst.

»Polizei? Ich möchte eine Alarmmeldung durchgeben. Wir haben einen Weideausbruch. Achtzehn Pferde sind von unserer Koppel durch einen Zaun gebrochen. Habichthof in Haverstedt. Seit mindestens einer halben Stunde. Wir suchen schon mit vielen Leuten. Nein, ohne Erfolg. Bitte? Ja, ich weiß, dass heute der Ferienverkehr an die See einsetzt. Furchtbar. Bundesstraße 75 und 404 sind nicht weit. Natürlich, wir melden uns, sobald wir Entwarnung geben können. Gut. Bis später.«

»Was können die denn überhaupt machen?«, fragt Emi ängstlich.

»Die Polizei sperrt die Straßen ab«, sagt Habi. »Mit Streifenwagen. Die Feuerwehr wird auch verständigt. Die sind über Funk verbunden. Wenn jemand die Pferde entdeckt, können sie die ganze Truppe gemeinsam einkreisen. Gleich kommt jemand, um die Sache aufzunehmen.«

Mein Handy vibriert, ich linse auf das Display. SMS von Vince.

Was??? Elend, Elend. Wir suchen mit! CU. Vinceferdi.

Lennart Habicht fasst sich an den Kopf und stöhnt: »Womit habe ich das verdient?«

6.

Sie glauben gar nicht, was wir im Dienst schon alles gesehen haben.«

Auf unserer Weide versucht Polizeihauptmeister Schiffelmeier, an den Pflöcken zu ruckeln. »Viele Pferdekoppeln sind nicht mit solchen Eichenpfählen eingezäunt, sondern nur mit morschen Knüppeln. Die haut jedes Pony mit einem Tritt weg.«

Der junge Polizist wischt sich die Hände ab und schreibt etwas in sein kleines Notizbuch. Seit er vor zehn Minuten mit seiner Kollegin Christiansen angerückt ist, einer jungen blonden Polizistin, begutachtet er die Ausbruchsstelle an der Koppel. Die Fahndung nach unseren Pferden ist sofort angelaufen, hat er uns versichert.

Tapir, Herr Habicht und wir Zurückgekehrten begleiten die Polizei zur Ausbruchsstelle.

»Die Stangen sind nagelneu«, erkläre ich dem Polizisten vorsichtshalber.

Schiffelmeier sieht mich von der Seite an. »Ja, sieht alles einwandfrei aus. Was kann denn sonst der Grund für den Ausbruch sein, wenn die Zäune nicht morsch sind? Futtermangel?«

»Auf keinen Fall«, sagt Habi sofort. »Unsere Pferde werden reichlich zugefüttert. Insektenplagen haben wir hier auch nicht. Auch keine rossigen Stuten oder Hengste. Ich kann mir den Ausbruch einfach nicht erklären. Ein streunender Hund vielleicht, aber Bellen und Aufruhr auf der Weide hätten die Mädels im Stall gehört.«

»Konkurrenten? Feinde? Könnte sich jemand an Ihnen rächen wollen?«

Lennart Habicht schüttelt den Kopf.

»Die Stangen waren von innen angenagelt«, stellt Polizeimeisterin Christiansen fest, während sie die Lücke mit rot-weißem Absperrband verschließt. »Durch solche Zäune können Pferde eigentlich gar nicht rennen. Das scheint kein normaler Weideausbruch zu sein. Dieser Fall muss tiefer ermittelt werden.«

Schiffelmeier steckt sein Notizbuch in die Brusttasche und knöpft sie zu. »Völlig richtig. Die Spurensicherung habe ich benachrichtigt, sie ist schon unterwegs. Jetzt müssen aber als Erstes die Pferde gefunden werden.«

Er wendet sich direkt an uns.

»Hat eine von euch unterwegs etwas bemerkt? Spuren?«

»Nicht mal einen frischen Pferdeapfel haben wir gesehen«, klagt Maxie.

Janne hebt traurig die Schultern. »Auch keine Hufspuren, außer direkt hier an der Weide. Kein Wiehern, kein Schnauben.«

»Einfach nichts«, gibt Katta zu Protokoll. »Es ist zum Verrücktwerden.«

»Wir haben alle Nachbarn ausgefragt«, sage ich. »Die waren zum Teil im Vorgarten. Über die Straße hier sind die Pferde hundertprozentig nicht gelaufen.«

»Das habt ihr prima gemacht.« Polizeihauptmeister Schiffelmeier lobt uns und notiert etwas, bevor er eine Landkarte entfaltet und sich von Habi alle Strecken zeigen lässt, die wir regelmäßig reiten. Schiffelmeiers Handy geht, er antwortet kurz und beugt sich erneut über die Karte. »Die Spurensicherung ist im Anmarsch«, kündigt er an. »Herr Habicht, Sie sollten Ihre Versicherung anrufen. Meistens wollen die Leute ihre eigenen Forschungen am Tatort betreiben. Kann ja teuer werden, die Sache. Ein einziger Autounfall reicht oft schon …«

Entsetzt starre ich den Mann an. Autounfall! Muss er unbedingt den Teufel an die Wand malen?

»Daran wollen wir mal nicht denken«, fährt er schnell fort. »Acht Streifenwagen sind im Einsatz, dazu die Feuerwehr. Das wird schon.«

»So viele?«

»Natürlich, vielleicht werden es noch mehr. Hier muss schnell und groß angelegt gehandelt werden. Am Wochenende ist dichter Verkehr, Bettenwechsel in Dänemark. Wenn wir nicht zügig Erfolg haben, schicken wir noch einen Hubschrauber los.«

Während Herr Schiffelmeier Nachrichten an seine Zentrale durchgibt, kommt ein Mann im weißen Polizei-Overall mit einem Koffer in der Hand den Weg zu uns herunter.

»Siebert von der Spurensicherung«, stellt er sich vor. Von Habi und der Polizistin lässt er sich einige Punkte erklären. Danach packt er seinen Koffer aus, legt einen Pfad aus Platten übers Gras, platziert Nummerntafeln an verschiedenen Stellen der Ausbruchstelle, schießt Fotos und zieht danach mit Plastiktütchen und Pinzette von Pfosten zu Pfosten. Er lässt etwas, das wie Stofffasern aussieht, in eine Tüte gleiten und steckt sie ein.

Mir brennt es auf der Zunge zu fragen: »Haben Sie was gefunden?«, aber der weiße Polizist dreht mir leider den Rücken zu.

Herr Habicht murmelt andauernd: »Nie im Leben sind die Pferde durch den Zaun gebrochen.«

Tessy und Kriss stürmen den Weg zur Weide hinunter. Hoffnungsvoll richten sich unsere Blicke auf die Zwillinge. Doch schon von Weitem winken sie ab.

»Lasst die Spurensicherung in Ruhe arbeiten«, sagt die Polizistin und wedelt uns mit ausgestreckten Armen zum Stall zurück. »Bleibt am besten auf dem Hof. Falls wir eure Pferde finden, kommt ihr und helft uns. Wenn ihr auf eigene Faust losfahrt und sucht, müssten wir euch aus hundert Ecken zusammentrommeln. Kostet zu viel Zeit.«

Leider schnappe ich auch ihre leise Bemerkung an Herrn Habicht auf: »Je länger die Pferde weg sind, desto größer ist die Gefahr, dass ihnen etwas zustößt.«

Für diese Erkenntnis muss ich nicht Polizist lernen. Das weiß ich auch mit vierzehn, ohne je eine Polizeischule von innen gesehen zu haben.

Obwohl es mir entsetzlich schwerfällt, tatenlos auf dem Hof herumzulungern, bleibt mir nichts anderes übrig. Nebeneinander kauern wir auf dem langen Anbindebalken am Paddock. Ich glaube, die anderen fühlen sich genauso kribbelig und ohnmächtig wie ich.

Die meisten telefonieren. Emi fettet die alten Lederhalfter von Herrn Küfer ein. Melly sitzt in Reithose und Reitschuhen am Ende und verschickt eine SMS nach der anderen. Sie musste sich vorhin von ihren Modelklamotten verabschieden. Habi hat sie angemacht: »Willst du etwa in deinen Flipflops und mit Minirock Pferde fangen? Hoffentlich hast du bald deine Reitsachen an.«

Ich blicke hoch, als ein Fahrrad die Einfahrt herunterkommt, auf dem ich Frau Kern von der Wiesenfeldstraße erkenne. Sie stellt das Rad neben uns ab und hebt einen gigantischen Marmorkuchen aus dem Gepäckkorb. Wir unterbrechen unsere Telefonate. Jede kleine Abwechslung beruhigt irgendwie.

»Den hatte ich gerade im Backofen, als ihr geklingelt habt.« Etwas verlegen übergibt sie mir eine Backform.

»Lieber hätte ich euch die Pferde zurückgebracht. Greift zu. Zwanzig Stücke. Mein Besuch kommt erst morgen. Ich backe nachher einfach einen neuen Kuchen. Ihr könnt bestimmt Aufbaufutter vertragen.«

Janne springt vom Balken und drückt Frau Kern einen Kuss auf beide Wangen. »Super! Sie kommen in den Pferdehimmel.«

»Na, dafür backe ich euch hundert Kuchen zusätzlich«, lacht sie. »Gleich ziehe ich los und suche nach den Pferden.«

Als Frau Kern gegangen ist, rufe ich meine Mutter an, die in Haverstedt bei der Stadtsparkasse arbeitet.

Ich erkläre ihr ganz sachlich, was geschehen ist. Mama hat sowieso dauernd Angst, dass was mit Pepper passiert. Wenn ich sie mit meiner Aufregung anstecke, dreht sie vielleicht durch. »Quetsch jeden Kunden aus, Mama, ob einer etwas von unseren Pferden gesehen hat.«

»Mache ich, Ehrensache. Oh Flo, meinst du, das kann gefährlich werden?«

»Ach was, Mama, Pferde sind ja nicht blöd, die bleiben schön zusammen und laufen irgendwann gemeinsam zurück zum Stall.«

Aber bei den letzten Worten muss ich doch schluchzen und meine Mutter versteht sofort, dass alles viel dramatischer ist, als ich zugeben will.

»Ich sage allen Geschäften in der Nähe Bescheid«, bietet sie an. »Jeder soll seine Kunden alarmieren. Mein armes Flöhchen.«

»Danke Mama. Super. Oh Mama …« Ich beende das Gespräch schnell, weil meine Stimme auf einmal zittert.

Kaum habe ich aufgelegt, kommt über Glorias Smartphone die erste Radio-Warnmeldung.

»Aktuelles Verkehrsstudio, wir haben eine dringende Gefahrenmeldung. Von einer Koppel in Haverstedt sind achtzehn Pferde ausgebrochen. Besondere Vorsicht auf der A1 zwischen Lübeck und Hamburg, Anschlussstellen Stapelfeld und Ahrensburg. Außerdem auf den Bundesstraßen 75 und 404 sowie auf den Zufahrts- und Nebenstraßen.«

Jetzt ist es amtlich.

»Wenn wenigstens *ein* Pferd gefangen würde«, stöhnt Emi und starrt auf ihr angebissenes Kuchenstück. »Dann wüsste man, wo sie ungefähr hingelaufen sind. Und dass es grundsätzlich geht mit dem Einfangen.«

Ja, wenigstens Pepper. Nein, wenigstens Pepper und Alpino. Ach was, natürlich alle Pferde.

Die Radiomeldung hat mir schlagartig den Appetit auf Kuchen verdorben. Überall in mir schwimmt pure Angst herum. Im Kopf, in den Beinen, in den Armen, vor allem im Bauch. Ich kann die blöde Angst nicht fassen. Nicht verdrängen. Nicht löschen.

Verdammt, ich muss mich beruhigen. Die vielen Polizeiwagen, die Feuerwehren, die haben doch Erfahrung mit ausgerissenen Pferden. Daran klammere ich mich wie an einen Rettungsring. Mein Handy glüht. Wenn wir wenigstens wüssten, *warum* die Pferde ausgebrochen sind.

Da sagt Melly plötzlich laut und vernehmlich: »Die Privatpferde stehen sonst nicht auf der großen Weide.«

Erstaunt blicken die anderen auf. Melly traut sich nicht auszusprechen, was sie wirklich sagen will, aber ich ahne es auch so. Ihre Bemerkung soll heißen: »Eure Privatpferde haben so lange Stress gemacht, bis die ganze Herde in Aufruhr war und den Zaun niedergerannt hat.«

Jannes Blick wechselt schnell zwischen Melly und mir hin und her. Beschwichtigend hebt sie die Arme. »Fangt bloß nicht an, euch zu streiten.«

Ich bin froh, dass Janne eingreift. Das ist das Schöne an unserer Clique. Wir brauchen oft kaum ein Wort zu sagen und verstehen uns doch. Natürlich fetzen wir uns manchmal, aber wenn es drauf ankommt, halten wir zusammen. Und jetzt kommt es drauf an.

Melly murmelt noch ein wenig vor sich hin, hält aber den Mund.

Nach einer Ewigkeit von zwanzig Minuten rennt Herr Habicht auf den Hof und schwenkt sein Handy.

»Zwei Streifenwagen haben unsere Pferde gesichtet, konnten ihnen aber nicht folgen. Die sind gleich in Parks und Seitenstraßen geflüchtet.«

Ein Lichtblick! Unsere Pferde sind nicht mehr wie vom Erdboden verschluckt.

»Angeblich sind sie sogar im Zentrum von Haverstedt gesichtet worden«, sagt Habi. »Ist aber nicht sicher.«

»Bitte? In der Fußgängerzone?«, fragt Melly ungläubig. »Halte ich für ein Gerücht.«

Mein Handy wiehert. Mama. So aufgeregt hat sie noch nie aus ihrer Sparkasse angerufen.

»Flo! Gute Nachrichten! Die Pferde sind vorhin mitten in Haverstedt gesichtet worden. Haben mir gerade zwei Kunden erzählt.«

Aufgeregt mache ich den anderen Zeichen, dass ich spannende Neuigkeiten habe.

»Was? Wo denn?«

»In der Fußgängerzone beim Coffeeshop. Pass auf, heute Abend ist alles längst vergessen und du hast deinen Pepper zurück.«

»Sie sind *doch* in Haverstedt«, gebe ich an meine Clique und Habi weiter. »In der Fußgängerzone.«

»Mama? Waren Braune dabei?«

»Natürlich habe ich gleich nach Pepper gefragt. Ein paar braune Pferde waren dazwischen.«

»Pepper«, jubele ich.

Emi klemmt sich an mein Handy und drückt ihr heißes Gesicht ans Gehäuse.

»Auch ein Haflinger, Frau Rohde?«, ruft sie ins Telefon.

»Emi? Ach, Emi, weiß ich leider nicht. Die Leute kennen die Rassen doch gar nicht.«

»Und ein Rappe?«, will Gloria wissen. »Flemming?«

»Ein Rappe, Mama?«

»Weiß nicht, aber auf jeden Fall zwei Schimmel.«

»Sandro und Galvano. Oder Grazius«, gebe ich in die Runde weiter.

»Melde dich auf jeden Fall, wenn Pepper wieder im Stall ist, Flo.«

»Logisch, Mama. Sofort.«

Der Anruf hat mich verwandelt. Als ich vom Balken rutsche, schwebe ich fast über den Hof. Die Angst ist aus meinem Bauch heraus. Und aus meinem Kopf. Emi und ich klatschen die Hände zusammen. Jetzt wird alles gut.

Zu allem positiven Überfluss schwirrt eine SMS von Vince auf mein Handy.

Hi Flo, Pferde vor Tareks Dönerladen. Kommt her!!! Mache Fotos 4U. Lasse sie nicht aus den Augen. Vince Xx

»Jetzt sind sie bei Tarek. Vince hat sie gerade eben gesehen. Also laufen sie Richtung Stall«, rufe ich über den Hof. »Auch möglich, dass sie zuerst bei Tarek waren und danach in die Fußgängerzone gelaufen sind. Vince schickt uns gleich ein Foto.«

»Na bitte«, sagte Herr Habicht. »Ich rufe sofort die Polizei an. Dann fahren wir los.«

Melly verzieht das Gesicht.

»Vince schickt gleich ein Bild«, äfft sie mich nach, sobald Habi im Stall verschwunden ist. »Deinen tollen Vince Allmächtig hast du also auch eingesetzt?«

Sie muss wieder zicken. Melly missgönnt mir, dass ich halb-halb mit Vince zusammen bin. Sie bildet sich ein, ältere Rechte zu haben, schließlich baggert sie Vince schon seit einem Jahr auf dem Schulhof an.

Pling. Das Foto.

Sofort bin ich umringt. Alle hängen über dem Bild, aber so eng, dass niemand etwas sieht.

»Zeig her, komm schon, Flo. Ist Flemming dabei?«, drängt Gloria.

»Piri? Siri? Vicky?« Das ist Maxie.

»Halvor und Oskar?« Die Zwillinge zerquetschen mich fast.

»Und Collin?«, will Melly wissen.

»Halt, lasst mich doch erst mal sortieren.«

Mit einem Ruck ziehe ich mein Handy aus dem Gewirr der Arme und halte es halb unter mein hochgezogenes Top, um trotz der Sonne deutlich zu sehen. Nur Emi darf gucken.

»Ganz schwer zu sagen«, meint sie. »Zu viel Licht und Schatten.«

Was ich auf einen Blick erkenne, ist dieses: Unmöglich ist das unsere gesamte Herde. Aber darüber will ich nicht nachdenken, sonst kehrt meine Furcht sofort zurück.

Hinter einem Schimmel steht vor Tareks Schaufenster ein

Brauner. Aber ich erkenne nicht, ob er eine Blesse oder einen Stern hat. Ob Wallach oder Stute. Kann Pepper sein, aber genauso gut Collin oder Vicky. Auf dem Handyfoto nicht zu entscheiden. So weit ich das nach der Körperhaltung beurteilen kann, sehen die Pferde nicht nervös aus. Eher neugierig interessiert. Vorsichtiger Optimismus macht sich in mir breit.

Herr Habicht ruft von der Stallgasse: »Nichts wie los, sie sind tatsächlich im Zentrum. Bei Tarek waren sie auch vorhin. Vier fahren mit mir, die anderen mit dem Rad. Nicht alle zusammen in einer Gruppe fahren. Immer in Zweier-Teams von verschiedenen Straßen. Schaltet die Handys ein. Und packt Halfter, Führstricke, Trensen und Leckerli ein.«

Unser Vorrat an Stallhalftern ist stark geschrumpft, weil die Polizei ein halbes Dutzend mitgenommen hat. Ich besitze drei schöne Halfter für Pepper und leihe Leonie und Maxie das grüne und das blaue. Während ich das rote Halfter auf meinen Gepäckträger klemme, schicke ich ein Stoßgebet zum Himmel.

»Mach, dass ich mein Halfter gleich brauche. Ich lade mir auch nie mehr Hausaufgaben aus dem Internet herunter.«

Das Versprechen scheint mir zu dürftig. Ich muss etwas schwören, das mich richtig Überwindung kostet.

»Außerdem darf Melly drei Mal Pepper reiten«, gelobe ich.

7.

Emi und ich nehmen die kurze Strecke zu Tareks Dönerladen, der jetzt in den Ferien geschlossen ist. Nur drei Straßen und wir biegen um die Kurve zu Tareks Laden.

Emi bedeutet mir abzubremsen, um die Pferde nicht zu erschrecken.

Doch unsere Vorsicht ist überflüssig. Der rechteckige Vorplatz, wo in Schulpausen das halbe Gymnasium zusammenhockt, ist leer.

»Die sind weg«, stellte Emi ernüchtert fest. Es ist zum Verrücktwerden. Nie hätte ich gedacht, dass ein Trupp entlaufener Pferde so schwer zu finden ist. Vier dampfende Haufen Pferdeäpfel beweisen, dass unsere Ausreißer hier gerade eine Pause gemacht haben.

Hastig tippe ich Vince' Handynummer.

»Vince! Bei Tarek sind die Pferde schon nicht mehr. Hast du eine Spur?«

Seine Stimme klingt verärgert.

»Ach, zu blöd, ein Müllwagen hat sie gerade verjagt. Kennst ja diese fauchende Hydraulik, da sind sie abgefetzt. Richtung Schule, so viel konnte ich sehen. Ich bin mit Ferdi hinterher, wir fahren gerade an der Sparkasse entlang. Fahrt ihr über den Kirchplatz, dann nehmen wir sie in die Zange.«

»Danke, Vince. Bis gleich. Mann, bin ich froh, wenn das alles vorbei ist.«

Vince lacht leise und aufmunternd.

Wir brettern weiter zu meiner Schule. Im Vorbeifahren sehe ich, dass unser Pausenhof geschlossen ist. In den Ferien wird das große Stahltor immer abgesperrt. In anderen Schulen darf man den Hof zum Spielen benutzen. Aber unsere Anstalt steht unter Denkmalschutz und die größte Sorge aller Lehrer ist, dass jemand einen Ball gegen die heilige Backstein-Fassade werfen könnte. Wenn ich nicht so aufgedreht wäre, könnte ich mich freuen, wie friedlich unser Schulhof in der Feriensonne liegt.

»Rechts«, sagt Emi und biegt scharf ab. »Durch den Hohlweg. Hörst du das auch?«

Aus dem Zentrum von Haverstedt gellen auf- und abschwellende Sirenen.

Wir verringern die Geschwindigkeit.

»Martinshorn«, sage ich. »Das heißt, sie sind ihnen auf den Fersen.«

»Hoffentlich stellen sie die blöden Sirenen ab, sonst rennen die Pferde nur noch schneller.«

Plötzlich schweigt der Alarmton, als hätten Polizei oder Feuerwehr unsere Beschwörung gehört.

Wir durchqueren den grün bewachsenen Hohlweg und lassen die alte Kirche mit dem Glockenturm rechts liegen. Schon von Weitem hören wir mächtige Unruhe aus dem Zentrum. Aufgeregte Rufe, Kommandos und da ... tatsächlich lautes Wiehern.

»Emi, wir haben sie«, sage ich feierlich und plötzlich verspüre ich den dringenden Wunsch, durch die ganze Fußgängerzone Rad zu schlagen.

»Achtung, Achtung, hier spricht die Polizei!« Eine Lautsprecherdurchsage hallt durch die Luft. »Bitte verhalten Sie sich ruhig und besonnen. Bleiben Sie in den Läden und Cafés. Suchen Sie Schutz in Hauseingängen. Die Pferde sind aufgeregt und unberechenbar. Bitte passen Sie besonders auf Ihre Kinder auf.«

»Oh Mann«, stöhnt Emi. »Unsere Pferde randalieren in der Fußgängerzone.«

Am Jeansshop rammen wir unser Räder in den Fahrradständer und rennen an ein paar Wohnhäusern vorbei zum Anfang der Fußgängerzone.

Die gesamte Straße ist abgesperrt. Vor uns blitzen zwei rote Feuerwehrwagen in der Sonne, sie riegeln die Zone komplett ab. Mit angehaltenem Atem zwängen wir uns durch die enge Lücke zwischen Stoßstangen und Hauswand. Am Ende der Einkaufsstraße stehen drei Polizeiwagen quer, einer mit Pferdehänger.

»Da drüben«, flüstert Emi und klopft sich mit der Hand auf die Brust, weil ihr der Atem stockt. »Vor dem Ökoladen.«

Nun sehe ich sie auch: Unter einer blauen Markise ragen die Hinterteile von Pferden mit wedelnden Schweifen auf den Fußweg. Eine aufgeregte Frau zerrt an hohen Obstständern.

»Sie da am Ökoladen. Treten Sie zurück. ZURÜCK!«

Erschreckt springt die Frau vor der Lautsprecherstimme zur Seite.

Wir drücken uns an den Schaufenstern entlang. Unsere Pferde drängen sich um Ständer mit Obstkisten, bestimmt leckere Bioäpfel und Biomöhren. Solche Köstlichkeiten lassen sich die Ausreißer nicht entgehen.

»Hoffentlich haben sie sich ordentlich satt gegessen«, sagt Emi. »Dann sind sie ruhiger.«

Die Ladenbesitzerin ist in ihrem Ökoladen verschwunden und scheppert von innen das schwere eiserne Einbruchsgitter herunter.

Zwei Schimmel springen nach hinten und reißen den Kopf hoch.

»Super, erst will sie unseren Pferden die Äpfel wegnehmen, dann terrorisiert sie sie mit ihrem blöden Gitter.«

Herr Habicht nähert sich mit Maxie und Leonie von der anderen Seite. Beruhigend redet er auf die Pferde ein. Bono hebt den Kopf, lauscht, gibt sogar ein leises Schnauben von sich. Seine Ohren spielen.

»Süß, er erkennt ihn«, flüstert Emi. »Wenn ich bloß sehen könnte, ob unsere beiden dabei sind.«

Ein Gemüsekarton bekommt Übergewicht und knallt aufs Pflaster, als Bono sich umdreht. Rote Möhren fliegen durch die Gegend. Nach kurzem Schreck machen sich die Pferde über die unverhoffte Mahlzeit her.

Bevor Habi sich weiter nähern kann, drehen die Pferde wie auf Kommando um und schlendern auf die andere Straßenseite. Das saftnasse Pflaster ist übersät mit abgebrochenen Möhrensplittern und Pferdeäpfel-Haufen.

Vor der Eisbar Italia stehen zehn verwaiste Tische mit halb vollen Eisbechern. Hinter den Schaufenstern drücken geflohene Gäste sich die Nase platt.

Dacapo entdeckt den süßen Nachtisch als Erster. Mit langem Hals beschnuppert er die silbernen Edelstahl-Cups, leckt dann vorsichtig das Eis auf und weckt damit die Neugier seiner Artgenossen.

»Bestimmt Schokoladeneis, das mögen sie am liebsten«, flüstert Emi. »Oder Wildkirschjoghurt.«

»Emi! Gibst du Alpino etwa Eis?«

»Quatsch. Er darf nur manchmal lecken«, sagt Emi und wird rot.

Die Pferde drängen sich um die Tische und schubsen sich gegenseitig mit ihren Hinterteilen weg. Ein paar Korbsessel fallen um.

Vorsichtig wird die Ladentür ein Stück geöffnet. Mit vereinten Kräften schieben zwei Männer einen schweren Bottich nach draußen. Im Kübel schwappt frisches Wasser, was die Pferde mit zufriedenem Schnauben quittieren.

»Mann, ist das Italia nett«, sagt Emi beeindruckt.

Endlich kann ich die Pferde checken. Acht sind es. Dacapo habe ich vorhin bereits erkannt und Bono, den Dunkelfuchs. Die Schimmel sind eindeutig Sandro und Galvano.

Auf den ersten Blick ist Pepper nicht dabei. Auf den zweiten auch nicht.

Emi tippt mich an. Sie sieht plötzlich todtraurig aus. »Alpino fehlt«, sagt sie. »Und Pepper auch. Oder siehst du ihn?«

Langsam schüttele ich den Kopf.

Aus dem Coffeeshop stecken einige Kunden ihre Köpfe durch die Tür, nippen an ihrem Latte, trauen sich aber nicht hinaus. Durch die Schaulustigen drängt sich von innen ein schlanker Mann im Büroanzug. Die anderen versuchen, ihn festzuhalten, aber er schüttelt sie ab, marschiert ohne zu zögern direkt von vorn auf die Pferde zu und raunzt sie an, wie man einen ungezogenen Hund anherrscht.

»Schluss jetzt! Bleibt sofort stehen.«

»Spinnt der?«, sagt Maxie, die gerade von der anderen Seite herbeikommt. »Der hält sich für den Obermacker. Geht von vorn auf die Pferde zu. Gleich sind sie weg. Oh je, oh je.«

»Keine Einzelaktionen«, ordnet der Polizist mit dem Megafon an. »Treten Sie unverzüglich zurück.«

Aber da ist es schon passiert. Bono stößt ein lautes Schreckschnauben aus. Logisch, jedes Pferd fühlt sich bedroht durch Herumfuchteln vor den Augen.

Bono macht einen Satz zur Seite, dreht sich auf dem Huf und entdeckt die Schwachstelle in der Absperrung – die niedrige Deichsel des Pferdehängers zwischen den Streifenwagen. Im weiten Sprung setzt er über das lächerliche

Hindernis hinweg und steht in Freiheit. Krachend tritt er gegen einen Streifenwagen und hinterlässt eine tiefe Delle. Mit beherzten Sprüngen folgen die anderen Pferde.

So schnell können die Beamten gar nicht gucken, wie die Pferde weg sind.

An der Straßenecke stöhnt Habi auf und läuft zu uns herüber.

»Oh nein, nicht das Ganze von vorn.«

»Wo könnten sie hin? Schnell, schnell«, drängt ein Polizist, und als er sich umdreht, erkenne ich Polizeihauptmeister Schiffelmeier, der vorhin bei uns auf dem Hof war.

Seine Kollegen springen bereits in die Einsatzwagen. Die beiden Feuerwehrwagen fahren ab, um die Verfolgung aufzunehmen.

Vince rast mit dem Fahrrad herbei und ruft: »Die Pferde müssen auf jeden Fall an der Sparkasse vorbei, dahinter ist ein schmaler Fußweg.«

Atemlos bleibt er vor uns stehen, sein Rad zwischen die Knie geklemmt, und zeigt, wo es langgeht. »Der Weg führt an den Gärten entlang bis zu Tareks Dönerladen. Wenn sie über die Straße laufen, müssen sie auch bei Tarek vorbei. Praktisch aus jeder Richtung.«

Mit laufendem Motor hält ein Streifenwagen neben uns. Von innen wird die Seitentür aufgestoßen. Polizist Schiffelmeier schwingt sich auf den Beifahrersitz.

»Optimal. Wir sperren die Straße und treiben die Pferde mit unseren Fahrzeugen vorsichtig auf den Schulhof. Dort sind sie erst mal sicher.«

»Sehr gut«, sagt Habi.

»Der Schulhof ist aber abgeschlossen«, brülle ich unserem Polizisten nach. Er steckt den Kopf aus dem Fenster.

»Können wir aufbrechen.«

Habi zeigt in unsere Runde. »Flora, Emi und die Zwillinge mit dem Rad über die Straße zum Gymnasium. Vince, Ferdi, Maxie, Leonie über den Fußweg zu Tarek. Die anderen an der Kirche vorbei über die Straße zu Tarek.«

Wir trennen uns. Zu viert trampeln wir, was die Pedale hergeben.

Hoffentlich bekommt die Polizei das Tor schnell auf. Nach dem letzten Einbruch wurden teure Sicherheitsschlösser in die Zauntore eingebaut. Wenn nur keine gaffenden Leute auf dem Weg stehen, die diese sensible Aktion noch komplizierter machen.

8.

Leider lehnen zwei Frauen am Zaungitter vor der Schule, als wir angerast kommen. Zigarettenqualm kringelt sich in der Luft.

»Die müssen da weg«, sagt Emi und springt gleichzeitig mit mir vom Fahrrad.

Gerade hole ich Luft, um die Frauen zu verscheuchen, da bleibt mir mein Ruf »Hallo, Sie am Zaun« im Halse stecken.

Bis vor einer Sekunde war ich überzeugt, diese beiden Köpfe sechs Wochen nicht mehr sehen zu müssen. Und nun das. Links erkenne ich das hennarot gefärbte Haar meiner Englischlehrerin Senta Fischer. Daneben die ausgemergelte Figur unserer Deutschlehrerin Koch-Lisan mit dem dunklen Pferdeschwanz und der ewigen Zigarette in der Hand. Wollten die nicht gemeinsam auf eine Studienreise nach Peru?

Koch-Lisan steht auf dem Raucherplatz vor der Eingangstür, wo sie und die anderen Raucher in jeder Pause stehen und sich Kippen anstecken.

»Hier spricht die Polizei.«

Eine Lautsprecherdurchsage gellt über die Straße. »Bitte begeben Sie sich in den nächsten eingezäunten Garten oder in ein Wohnhaus. Wir treiben eine Gruppe entlaufener Pferde die Straße entlang auf den Schulhof.«

Frau Koch-Lisan krallt sich mit der zigarettenlosen Hand im Arm von Englischlehrerin Fischer fest.

Polizei- und Feuerwehrwagen rollen im Schritttempo die Läuferstraße entlang und bauen sich vor dem Gymnasium auf.

Ich überlege blitzschnell, ob ich mich vor meinen Lehrerinnen verstecken soll. Aber vielleicht hat eine von ihnen den kostbaren Eingangsschlüssel? Ich werfe mein Rad an die Böschung und laufe auf sie zu.

»Flora! Was ist hier los?«, fragte Senta Fischer irritiert, als sie mich erkennt.

»Unsere Pferde sind ausgebrochen, Frau Fischer! Die Feuerwehr will sie auf den Pausenhof treiben. Wir brauchen den Schlüssel für das große Zauntor. Schnell.«

»Um Himmels willen, nein! Nicht auf den Hof«, protestiert Frau Koch-Lisan und tritt ihre Zigarette aus. »Die gesamte Schulanlage ist ein Kulturdenkmal. Nicht auszudenken, wenn die Pferde Schaden anrichten.«

Ein Feuerwehrmann läuft auf uns zu und tippt an den Helm.

»Sie haben einen Schlüssel, höre ich? Bitte schnell, ich muss darauf bestehen, dass Sie ihn herausgeben. Zur Abwendung von Gefahr.«

Fahrig zieht Senta Fischer ein schweres Schlüsselbund aus der Tasche.

Die Fenster in den Backsteinhäusern gegenüber fliegen auf und Leute lehnen sich heraus.

»Machen Sie schnell.«

Frau Fischers Finger beben, als sie den aussortierten Schlüssel überreicht.

»Danke sehr.«

»Die Pferde, die Pferde!«, ruft ein alter Mann aus dem Fenster. Und dann ein kleines Mädchen: »Lass mich auch gucken, Opa.«

Der Uniformierte läuft zum mannshohen Stahltor, schließt es auf und drückt die beiden Flügel zum Pausenhof auf.

»Dabei wollten wir nur ein paar Arbeitsunterlagen zurückbringen«, sagt meine Deutschlehrerin erschüttert. »Morgen fliegen wir in den Urlaub. Und nun so ein Schock am Vorabend.«

Ich verkneife mir die Bemerkung, dass der Schock ja wohl eher auf unserer Seite ist. Ohnehin fürchte ich, Olga Koch-Lisan nimmt mir den Frevel an ihrem Kulturdenkmal persönlich übel. Hoffentlich vergisst sie die Geschichte bei ihren Indios.

»Sie kommen«, ruft Emi. »Wir sollen nach hinten auf den Schulhof gehen.«

Wir laufen hinter den Zwillingen unter der Pergola hindurch, vorbei an den Tischtennisplatten bis zu der hohen Pappelgruppe ganz am Ende. Mein Herz schlägt mir bis zum Hals. Dieses Mal muss es klappen.

Wie ein Keil werden die Autos herangefahren, in einer Gasse davor und dazwischen traben unsere Pferde. Schnell überschlage ich die Zahl. Es bleibt bei acht. Weder Pepper noch Alpi sind dazugekommen. Jetzt nicht grämen, acht sind ein Anfang.

Mit sanfter Gewalt werden die Pferde auf den Schulhof getrieben und das Tor sofort hinter ihnen geschlossen. Ohne Reiter sehen unsere Pferde noch schöner aus als mit. Oder bin ich nur so froh, dass sie wieder da sind? Sommersonne spielt in den Mähnen. Dacapo und Bono schwenken die Köpfe. Und wie ihre Augen funkeln. *Was haben wir heute erlebt!*

Vielleicht versüßt mir die Erinnerung an unsere Pferde demnächst die Mathestunden bei Dr. Winkelmann? Vom Matheraum gucken wir genau in diesen Innenhof. Ja, wenn mein Pepper dabei wäre. Aber so ... Wahrscheinlich denke ich bei jeder Matheaufgabe an den Ausbruchs-Schock. Ich hätte da mal einen Vorschlag für eine sinnige Aufgabe,

Herr Dr. Winkelmann: Wenn von achtzehn Pferden nach zweieinhalb Stunden acht Pferde an einem anderthalb Kilometer entfernten Ort gefunden werden, wie lange sind dann die restlichen zehn Pferde noch unterwegs und wie weit entfernen sie sich?

Warum muss ich in den schlimmsten Stunden immer Schwachsinn denken?

Fünf Pferdelängen entfernt tänzelt Collin an mir vorüber. Collin ist der Braune, den ich auf dem Foto nicht richtig einordnen konnte. Ausgerechnet Collin. Der Holsteiner ist jetzt Mellys Lieblings-Schulpferd, seitdem ich Pepper gekauft habe. Klar gönne ich Collin, dass er gesund gefunden wurde. Jedem Pferd wünsche ich das. Aber Melly führt sich auf, als hätte sie selber eine persönliche Glanzleistung vollbracht, weil Collin zurück ist.

Doch als sie an mir vorbeigeht, erlebe ich eine Überraschung. »Tut mir echt leid, dass Pepper nicht dabei ist«, murmelt Melly und wiegt bedauernd den Kopf. Die unerwartete Bemerkung tut mir gut.

Inzwischen stehen die Pferde in einer dichten Gruppe zusammen. Polizisten in gelben Leuchtwesten und Feuerwehrmänner in Orange kreisen sie ein wie ein Zaun aus Uniformen.

»Halfter aufziehen«, ruft Herr Habicht halblaut. »Jeder greift sich das am besten erreichbare Pferd.«

Wir verständigen uns durch Augenkontakt, wer wohin geht.

Die Pferde recken die Köpfe, als wir langsam den Kreis betreten, sie tänzeln und trippeln und drehen sich, aber sie erkennen uns und Habis Stimme beruhigt sie.

»Bono führe ich selber«, gibt Herr Habicht weiter. »Bevor der Kerl wieder Extratouren macht.« Den eigenwilligen

Westfalen reitet Habi bei Ausritten an der Spitze. Bono ist unser Chefpferd im Gelände.

Ich übernehme die Hannoveraner Stute Vicky, weil ich am nächsten dranstehe. Sie wiehert und wirft den Kopf hoch, als ich mich heranpirsche, aber schließlich kann ich mit einer Hand in ihre Mähne greifen und Vicky das Halfter übers Genick ziehen.

Gloria steht strahlend bei ihrem Lieblingspferd Flemming. Melly bei Collin. Janne schmust mit Chico, Leonie mit Galvano. Das ist schwer zu ertragen. Ich leide noch mehr als vorher. Warum haben nur die anderen Glück?

Acht Pferde haben wir gefunden. Von zehn Pferden fehlt jede Spur. Während des gesamten Einsatzes auf unserem Schulhof kommt keine Meldung bei der Polizei herein.

»Sollen wir einige Pferde verladen?«, fragt der Einsatzleiter der Feuerwehr. »Wir haben zwei Hänger angekoppelt.«

Herr Habicht winkt ab. »Sind nur drei Straßen bis zum Reitstall. Beim Führen kann ich gleich beobachten, ob einer lahmt.«

Gerade hake ich den Führstrick in Vickys Halfter, da tippt mir jemand sachte auf den Rücken. Über die Schulter erkenne ich ein blaues Poloshirt und lange braune Haare. Maxie. Leise fragt sie: »Darf ich sie führen, Flo?«

Unschlüssig ruht meine Hand am Panikhaken. Ich würde Vicky so gern selber zum Stall bringen. Wenigstens hätte ich dann das Gefühl, ein Pferd gerettet zu haben. Andererseits: Maxie reitet die braune Hannoveraner Stute oft, ich dagegen nie. Maxie möchte eins ihrer Lieblingspferde gesund nach Hause bringen.

Schweren Herzens übergebe ich ihr den Strick.

»Danke, Flo, das vergesse ich dir nicht.«

»Vince und Ferdi, ihr geht vorn mit«, ordnet Habi an. »Ihr könnt notfalls ins Halfter greifen. Jetzt zügig los.«

Wir verlassen den Pausenhof und marschieren hintereinander an Tareks Laden vorbei Richtung Habichthof.

In den Vorgärten unterbrechen die Leute das Rasenmähen, sobald unser Tross näher kommt.

»Na, kleiner Ausflug?«, ruft ein Hobbygärtner mir über den Gartenzaun zu.

Kleiner Ausflug! Der Mann hat doch keine Ahnung. Der unheilvolle Satz der Polizistin schwirrt mir durch den Kopf: »Je länger die Pferde weg sind, desto größer ist die Gefahr, dass ihnen etwas zustößt.«

Meine Magennerven verknoten sich.

Wie geprügelte Hunde schleichen Emi und ich, Tessy und Kriss mit leeren Händen zum Stall. Wir schieben unsere Fahrräder hinterher.

Wir bringen kein Pferd zurück.

9.

Unser obersüßer Tapir schafft es mal wieder, mich aufzuheitern.

Als wir mit den acht Geretteten im Gänsemarsch auf dem Habichthof ankommen, erwartet unser genialer Pferdepfleger uns schon. Irgendwie wirkt Tapir beruhigend, wie er da am Paddock steht in seiner sandfarbenen Goldwäscherhose mit den breiten Hosenträgern. Ein Fels in der Brandung.

Strahlend läuft Tapir von Pferd zu Pferd, von Bono zu Dacapo bis zu Vicky und fällt jedem Tier um den Hals.

Als er mich ohne Pepper hinter dem Tross schleichen sieht, nur mit meinem Fahrrad in den Händen und hinter mir auch Emi und die Zwillinge, umarmt er uns alle gleich mit.

»Nun lasst mal nicht den Kopf hängen, Leute. Hab im Amtsgericht alles stehen und liegen lassen und bin sofort hierher, als ich dort fertig war. Wenn ihr acht Pferde aufgetrieben habt, finden wir auch den Rest.«

So wie Tapir strahlt, glaube ich ihm wirklich. Trotzdem kämpfe ich gegen den heftigen Drang an, über den Hof zu schreien: »Das Leben ist so ungerecht! Warum haben die anderen ihre Lieblingspferde gefunden? Und ich werde vor Angst um Pepper fast wahnsinnig?«

»Lasst die Pferde gleich draußen, der Tierarzt kommt jeden Moment zum Angucken«, ruft Herr Habicht über den Hof. »Und bitte tränken. Wer kein Pferd hält, macht mit dem Wassereimer die Runde.«

»Sollen wir auch die Beine kühlen?«, fragt Tessy. Sie und Kriss sehen so aus, als möchten sie sich dringend sinnvoll betätigen. Wo sie schon ihre Fjordies nicht heimgebracht haben.

Habi schüttelt den Kopf. »Gekühlt wird erst, wenn Dr. Müller-Maring die Pferde untersucht hat. Er muss die Beine auf Schwellungen angucken. Durch Kühlen wird das Ergebnis verfälscht.«

Ich gehe zu Janne hinüber und halte Chico den vollen Wassereimer hin. Erschreckt pfeife ich durch die Zähne, als ich den Oldenburger mustere.

»Blöd, nicht?«, sagt Janne sorgenvoll und folgt meinem Blick zu der Wunde ein Stück neben Chicos Schulter. Das Blut ist an den Rändern angetrocknet. Janne hält den Oldenburger Fuchs am Strick. »Hoffentlich muss das nicht in der Klinik genäht werden.«

Wir sind gerade fertig mit dem Tränken, als unser Tierarzt vorfährt und seine Sachen auslädt. Er stöhnt leise, als er bepackt mit Tasche und Alubox durch die pralle Sonne auf uns zustapft. Sein gutmütiges Gesicht glänzt. Er bläst sich die braunen Haare aus dem Gesicht, die wie lange Bernhardinerohren bei jedem Schritt flattern.

Habi wechselt ein paar Sätze mit ihm, bevor Müller-Maring zu uns herüberkommt.

»Moin zusammen«, begrüßt er uns. »Dann wollen wir uns die Ausbrecherkönige mal ansehen.«

Sein Blick wandert über die Pferde, die mit gesenkten Köpfen im Schatten des Stalls stehen. »So auf Anhieb wirken sie unauffällig. Ein Weideausbruch kann ja auch böse ins Auge gehen.«

Die Zwillinge heften sich an seine Fersen. Ich möchte den Doc auch so vieles fragen, aber ich traue mich nicht aus Angst vor der Antwort. So lange Pepper verschwunden ist, möchte ich am liebsten nichts mehr hören. Aber zwangsläufig muss ich, denn Kriss und Tessy löchern den Tierarzt mit Fragen.

»Was kann denn passieren?«, will Tessy wissen. »Ich meine, außer … außer einem Autounfall.«

»Wenn Pferde im Galopp durchs Gelände brettern, das ist schlecht für die Beine.«

Die Antwort genügt Tessy nicht.

»Wildpferde galoppieren doch auch durch die Gegend und verletzen sich nicht ständig.«

Dr. Müller-Maring bückt sich und fährt behutsam an Sandros rechtem Hinterbein entlang.

»Stimmt, aber wilde Pferde rennen über die Prärie. Oder über flache Steppe. Das sind feste Grasflächen, allerbester Pferdeboden. Dagegen Schottersteine und feiner Streusplit, was alles so auf unseren Wegen liegt … das passt nicht zu schnellen Gangarten.«

Konzentriert sieht der Schimmel sich um und verfolgt jede Bewegung des Tierarztes.

»Was ist denn so schlimm daran?«

»Im Schritt spüren Pferde scharfe Steine sofort und weichen aus. Flüchten sie aber in Panik, ist der Tastsinn erst mal ausgeschaltet. Sie merken den Schmerz auf den Schotterpisten nicht gleich und rennen mit angeschlagenen Hufen und Beinen weiter.«

Er schaut zu Herrn Habicht hinüber und deutet auf das Hinterbein.

»Bei eurem Sandro ist ein Stück Hufwand ausgebrochen. Nicht dramatisch, soll sich aber der Schmied auf jeden Fall ansehen.«

»Der Schmied ist sowieso für morgen bestellt. Galvano hat unterwegs ein Eisen verloren.« Natürlich hat Herr Habicht sich die Pferde schon selbst angesehen.

»Und was ist mit Asphaltstraßen?« Kriss lässt nicht nach. »Sind Bundesstraßen besser als Schotterpisten? Die sind doch schön eben und gleichmäßig.«

Der Tierarzt verzieht das Gesicht. »Das ist aber auch der einzige Vorteil. Das Böse an Teerstraßen: Sie sind steinhart. Die Erschütterungen im Galopp sind Gift für die Gelenke. Wir wollen mal hoffen, dass eure Pferde nicht zu viel Grund zum Galoppieren auf der Straße hatten.«

Er geht weiter zu Galvano, den Leonie hält.

»Na, alter Junge«, sagt Dr. Müller-Maring freundlich und fährt ihm über den Widerrist. »Du warst wohl so rasant unterwegs wie ein Formel-eins-Wagen?«

Galvano ist nicht zum Scherzen aufgelegt. Der Schimmel ist überhaupt kein Freund von Tierärzten. Abweisend guckt er unseren Doc von der Seite an. Schon zweimal hatte Galvano ein sehr schmerzhaftes Hufgeschwür. Man sieht ihm an der Stirn an, wie seine einfache Pferde-Gleichung lautet: Tierarzt = Schmerzen.

»Galvano, sei mal etwas freundlicher.« Leonie versucht ihn mit der Stimme aufzumuntern. »Der Tierarzt will dir helfen.«

»Schon gut. Kann er nicht wissen.« Dr. Müller-Maring lächelt. »Ich bin für viele Pferde der Böse. Anders können sie nun mal nicht denken. Das ist mein tägliches Brot. Aber das erschüttert meine Tierliebe nicht.«

Galvano ist gut erzogen und verharrt ruhig am Strick, als der Tierarzt sich den linken Vorderhuf ansieht und das Horn beklopft. Er wendet sich an Herrn Habicht.

»Der Wallach hat ziemlich weiche Hufe.«

»Ja, leider. Galvano war schon immer empfindlich und fühlig im Gelände.«

»Wenn der Tragrand ungeschützt ohne Hufeisen frei

liegt... da kann sich schnell ein Steinchen reinbohren und hochwandern. Falls die Pferde unterwegs über Split gelaufen sind, kann das mal wieder ein Hufgeschwür auslösen. Immer bist du der Dumme, Galvano.«

Müller-Maring tätschelt ihm erneut den Widerrist. »Wir behalten das im Blick. Aber ich könnte fast drauf wetten, dass der arme Kerl wieder dran ist.«

Trotz dieser Auskunft ist Herr Habicht zufrieden. »Hufgeschwüre lassen sich ja gut behandeln. Wenn es mehr nicht ist, will ich nicht meckern. Was ist mit Chicos Wunde? Muss er in die Klinik?«

Dr. Müller-Maring inspiziert die aufgerissene Stelle genau. »Zum Glück nur oberflächlich. Und nicht direkt am Schultergelenk«, sagt er. »Nein, er muss nicht in die Klinik. Das kriegen wir so hin.«

Er rasiert das Fell rundherum ab, säubert die Stelle und klebt eine große Wundauflage über den Riss. »Ich spritze ihm noch etwas gegen Infektionen.«

Während er die Spritze aufzieht, fragt er Habi über die Schulter: »Wie sieht es mit Tetanusschutz aus? Mit den Impfungen ist euer Stall doch auf dem neuesten Stand?«

»Aber sicher.«

Kurz darauf hat der Tierarzt alle Pferde angesehen und ist sehr zufrieden. Er packt seine Tasche und wischt sich mit dem Taschentuch die nasse Stirn ab.

»Wenn der Rest da ist, komme ich wieder und sehe mir die ganze Bande noch einmal an. Manche Lahmheiten zeigen sich erst Stunden später. Glückwunsch, dass kein Sehnenschaden dabei ist. Bis so etwas heilt... das wäre eine langwierige Geschichte.«

Er zeigt auf den Wasserschlauch an der Wand. »Jetzt könnt ihr die Beine kühlen. Bei den Hufen anfangen, dann die Beine rauf. Weicher Strahl. Jedes Pferd eine Viertelstunde. Bis später.«

Bis später. Wie leichthin er das sagt. Für unseren Tierarzt steht offenbar fest, dass alle Pferde bald wieder auf dem Habichthof stehen.

Wir stürzen uns auf den einzigen Schlauch, der an der Stallmauer hängt, und prügeln uns fast darum.

»Kinder, seid friedlich«, ruft Herr Habicht. »Kühlen geht auch mit Schwamm und Wassereimer.« Er kratzt sich am Kinn. »Andererseits, wenn die anderen Pferde später dazukommen ... wer hat einen Gartenschlauch zu Hause, den er holen könnte?«

Alle reißen wir die Arme nach oben. Erschreckt werfen Vicky und Collin die Köpfe hoch.

Ich laufe zu meinem Rad und zische los. Mein Handy hab ich griffbereit in der Jackentasche. Der erlösende Anruf: »Wir haben ihn!«, könnte ja genau dann kommen, wenn ich unterwegs bin. Atemlos fege ich den Fichtenkamp entlang und werfe gerade das Rad an unsere Treppe, als meine Mutter vorfährt. Sie hat Feierabend.

»Und?«, fragt sie beim Aussteigen.

Ich zucke die Schultern und blicke schnell zu Boden, bevor sie sieht, dass meine Augen feucht werden.

Mama lässt ihren offenen Smart einfach stehen und nimmt mich in den Arm. »Pepper kommt bestimmt bald zurück. Wahrscheinlich grast er mit den anderen ganz gemütlich auf einer Waldlichtung und schlägt sich den Bauch voll.«

Das ist überhaupt *die* Idee! Eine neue Hoffnungsflamme flackert auf. »Meinst du wirklich?«

»Aber sicher doch, Flöhchen.«

Mama, die so wenig von Pferden versteht wie ich von

Geldanlagen und Zinsabschlagsteuer, Mama bringt es auf den Punkt. Daran hatte ich überhaupt nicht gedacht. Natürlich, Pferde interessieren sich vor allen anderen Sachen fürs Fressen. Entlaufene Pferde müssen nicht zwangsläufig über Autobahnen oder Bahngleise galoppieren. Naheliegender ist doch wohl, dass sie sich einen schönen, saftigen Futterplatz suchen. Woher sollen sie wissen, dass ihre Besitzer vor Sorge fast durchdrehen?

Mamas Überlegung bessert meine Laune. Irgendwie schwanke ich heute ständig zwischen Hoffnung und Verzweiflung.

Dani steckt seinen Kopf aus der Tür. »Na, Schwesterchen?«

»Nichts von Pepper. Immerhin sind acht Pferde wieder da. Die aus dem Zentrum. Kann ich unseren Gartenschlauch mitnehmen? Zum Kühlen der Beine. Wir haben nur einen auf dem Hof.«

»Klarer Fall«, sagt Dani sofort. »Ich fahre den Schlauchwagen zum Stall. Darf ich den Smart, Mama? Muss mich beeilen, Papa und ich wollen ja bald los zum Fußball.«

Die Trommel mit dem gelben Gartenschlauch wartet schon auf dem Hof, als ich zehn Minuten später mit dem Rad wieder eintreffe.

Die Fenster von Habis Wohnhaus an der Einfahrt stehen offen. Ferdi steckt seinen hellen Fransenkopf heraus und fragt Habi etwas, der draußen die Einsätze koordiniert.

»Was macht Ferdi in Habis Haus?«, frage ich Emi, die in einem Eimer Schwämme auswäscht.

»Am Stall gibt es nicht genug Wasserhähne. Ferdi schließt die Gartenschläuche in der Küche an und im Badezimmer.« Emi errrötet. »Weißt ja, wie geschickt Ferdi ist.«

Ein Blinder sieht, dass Ferdi und Emi ein tolles Paar sein könnten, wenn Emi nur nicht so schüchtern wäre.

Lennart Habicht und Tapir zerren und ruckeln an den langen Schläuchen. Es sieht aus wie auf einer Großbaustelle. Dazwischen stehen die Pferde und wundern sich.

»Johnny verzeiht mir nie, dass er diese aufregenden Stunden auf dem Hof verpasst«, seufzt Herr Habicht. »Macht doch bitte ein paar Fotos für meinen Kleinen, die zeigen wir ihm heute Abend.«

Wir zücken unsere Handys und fotografieren. Ich lache sogar, obwohl *ich* das gar nicht sein kann, die lacht, sondern irgendein abgespaltener Teil von mir. Denn die wahre Flo hat nichts zu lachen. Meine Gedanken kreisen nur um mein Pferd und ich frage mich die ganze Zeit: Pepper, wo bist du?

Auf einmal ertönt am Himmel ein entferntes Knattern, das sich in Sekunden zu ohrenbetäubendem Lärm aufbaut. Schlagartig gehen unsere Köpfe nach oben. Ein weißblauer Hubschrauber dröhnt heran. Als er so nah kommt, dass man die Aufschrift »Polizei« lesen kann, werfen wir uns Blicke zu. Laut ratternd kreist der Helikopter über uns, fliegt weiter zu den Weiden und dreht danach Richtung Bahnstrecke ab. Wir starren ihm nach und schweigen.

Ein Polizei-Hubschrauber bedeutet höchste Alarmstufe.

10.

Als endlich alle Pferde mit gekühlten Beinen in ihren Boxen stehen, überfällt mich eine wahnsinnige Unruhe. Meine Beine kribbeln. Ich kann einfach nicht an einer Stelle stehen bleiben. War der Hubschrauber wegen unserer Pferde unterwegs? Sicher. Aber warum meldet sich die Polizei nicht?

Noch immer fehlen zehn Pferde. Wieso sind ausgerechnet Pepper und Alpino dabei? Seit vier oder fünf Stunden sind sie nun spurlos verschwunden. Mamas Idee mit der Wiese kommt mir inzwischen unrealistisch vor.

Ziellos laufe ich auf dem Hof hin und her, während Emi am Paddock bleibt. Sie will mit keinem reden. Verloren hockt sie am Tor.

Andauernd gucke ich auf die Uhr. Jedes Mal, wenn ich denke, jetzt muss eine Stunde herum sein, sind es doch nur fünf Minuten. Ich traue meiner Uhr nicht mehr, ich kontrolliere auch mein Handy immer wieder. Und Emis Uhr. Hat jemand Klebstoff auf die Zeiger getropft?

Unsere Telefone bleiben bedrohlich stumm. Kein einziger Anruf, seit wir vom Schulhof zurück sind. Die Polizei hüllt sich in Schweigen.

Wenn ich nichts unternehme, drehe ich in den nächsten Minuten durch und heule hysterisch herum.

Da kommt mir ein großartiger Einfall. Ich werde Mash kochen für Pepper, wie ich es ohnehin heute geplant hatte. Mash, das beste Aufbaufutter bei Stress. Damit locke ich meinen Schatz zurück. Ich weiß doch, wie sehr Pepper seinen warmen Körnerbrei liebt. Schon von Weitem wittert er ihn und stürmt in seine Box, wenn er von der Weide kommt und auf der Stallgasse den Dampf über seinem Trog erspäht.

Sobald sein Mash fertig ist, kommt Pepper zurück. So wird es sein. Jeden dummen Einwand, den die skeptische Flora in mir flüstert, wische ich weg. *Kein Pferd kann über Kilometer hinweg Futter riechen.*

Doch. Und wenn nicht mit der Nase, dann mit dem Herzen.

Ich verbeiße mich in die Idee. Ich muss sofort Mash kochen. Aufgedreht renne ich durch den Stall zu meinem Vorratsschrank neben der Futterkammer. Verdammt, die graue Blechtür klemmt, ich trete dagegen, noch einmal und noch einmal. Laut hallen die Tritte von den Steinwänden zurück. Das Miststück kann doch jetzt nicht klemmen. Ich muss Mash kochen, sofort. Endlich fliegt die Tür quietschend auf. Ich weiß ganz sicher, dass nichts passieren wird, solange Peppers Lieblingsfutter auf ihn wartet.

Ich hebe die Papiertüte aus dem Schrank. Schnell in die Futterkammer um die Ecke. Eine leere Schüssel vom Stapel heben, auf den schmalen Tisch damit. Sonnenblumenkerne, Leinsamen, Hafer, Maisflocken, Weizenkleie rieseln in die Schale. Pepper, alles für dich! Dreißig Minuten muss Mash ziehen, hoffentlich findet man ihn nicht früher, dann ist es noch zu heiß. Wo ist mein Heißwasser-Bereiter? Oh nein, der steht zum Entkalken zu Hause.

Verwundert schaut Tapir um die Ecke und betrachtet mich vor dem Futterwagen. »Hast du deinen Schrank zerlegt, Flo?«

»Ich habe kein heißes Wasser«, höre ich mich schluchzen und Tapir zieht die Augenbrauen hoch, blickt auf die leere Futtertüte und die volle Schüssel, fragt nicht, versteht, läuft ins Büro, kommt Sekunden später mit Habis Wasserkocher für Kaffee zurück und zieht sich wortlos zurück. Ich setze Wasser auf, zähle bis dreihundertachtundfünfzig, dann kocht es, schnell den Brei aufgießen, umrühren und dabei fällt ein großer Teil Anspannung von mir ab. Pepper, du kannst kommen! Vorsichtig setze ich die Schüssel zum Abkühlen auf ein Regalbrett.

Fünf Mal in zwei Minuten hebe ich sie vom Bord und rühre um. Und wenn er nicht kommt? Der Wespenschwarm rumort schon wieder in meinem Magen. Meine Ablenkungsaktion hält nicht lange vor.

Die Futterkammer wird mir zu eng, der ganze Stall. Hier halte ich es nicht mehr aus. Ich laufe nach draußen zu Emi, die genau wie ich die Hände auf den Bauch presst.

»Ich suche noch mal auf eigene Faust«, sage ich. »Mein Handy ist an. Falls was ist. Hoffentlich ist was!«

»Klar«, sagt Emi und blinzelt nach oben. »Logisch bist du die Erste, die News erfährt.«

Mit meinem Rad heize ich die Wiesenfeldstraße herunter und nehme Kurs auf eine Siedlung am Rand von Haverstedt. Durch das Wäldchen hinter den Häusern sind wir oft geritten. Dort haben wir zwar bereits heute Mittag gesucht, aber warum sollen unsere Pferde nicht erst jetzt den Weg zu ihrer bekannten Reitstrecke einschlagen?

Die Bewegung tut gut. Während meine Beine wieder normal funktionieren, bleibt mein Kopf vernebelt, die Gedanken ungeordnet wie ein auseinandergefallenes Puzzle.

Vor jeden geraden Gedanken schieben sich schreckliche Bilder. Pepper, wie er vor ein Auto läuft. Pepper, der blutend auf der Straße liegt. Pepper zwischen Leuten, die hektisch hin und her rennen und Warndreiecke aufstellen. Pepper mit einem Infusionsgestell neben sich, aus dem Nährstofflösung in seine Vene tropft.

Ich trete heftiger in die Pedale. Eine Mückenwolke sirrt um meine Ohren. Krähen schreien aus hohen Kiefern. Eine Kreissäge kreischt.

Moment, was war das? Ich bremse ab und horche angestrengt. Höre ich von rechts Hufklappern? Pferde? Pferde auf Asphalt? Nein, da hämmert bloß jemand auf Metall.

Weiter, weiter. Schneller. Schneller.

Plötzlich liege ich in voller Länge auf dem Seitenweg. Was ist passiert? Weshalb bin ich gestürzt? Mein Kopf tut weh. Verwirrt sortiere ich meine Gedanken. Meine Schulter schmerzt. Und wie. Ich stöhne auf und versuche mich zu bewegen. Au, mein linkes Bein. Mein nackter linker Arm brennt wie Hölle.

Ich starre auf schmutzige Gehwegplatten unter mir, aus denen ein grauer Schildermast wächst. Oh nein, ich bin voll gegen die Eisenstange gerast.

Am liebsten möchte ich losheulen wie ein kleines Kind. Doch nicht einmal das kann ich. Meine ganze linke Seite tut weh. Wahnsinnig weh. Obwohl ich nichts sehen kann, kann ich mir genau vorstellen, wie meine Haut aussieht. Abgeschürft, blutig, dreckig. Je genauer ich mir das vorstelle, desto jämmerlicher fühle ich mich. Im Straßenschmutz kann ich mir leicht eine Blutvergiftung holen. Vielleicht sterbe ich sogar daran.

Liegt Pepper irgendwo genauso hilflos und ich kann ihm nicht helfen?

Mit schmerzverzerrtem Gesicht blinzele ich an der Stange hoch. Über mir leuchtet ein Halteverbotsschild mit einer Schrifttafel darunter.

Unberechtigt parkende Fahrzeuge werden kostenpflichtig abgeschleppt.

Wahrscheinlich sind das die letzten Worte, die ich in meinem Leben lesen werde.

Ich starre auf den Abschleppwagen, der das Schild ziert. Ob sie mich als Leiche auch abschleppen lassen? Mich und Pepper zusammen auf der Ladefläche desselben Lastwagens? Zumindest wäre das ein winziger Trost. Aber bestimmt gibt es ein Gesetz, das den Transport von Pferden und Menschen auf ein- und demselben Lastwagen verbietet. Tapir sagt, es gibt für jeden Dreck Gesetze.

Außer dem Tod drohen mir möglicherweise noch andere Schrecken. Was ist, wenn Pepper und ich überleben, wenn Pepper aber einen Autounfall verursacht hat? Wenn der Wagen nur noch Müll ist? Muss ich dann einen neuen bezahlen? Was kostet ein Auto? Zwanzigtausend Euro? Dreißigtausend? Und wenn es so ein teurer Jeep ist wie der von Mellys Mutter? Den könnte ich nie bezahlen. Die Lanz wird sich die Chance nicht entgehen lassen, mich zu erpressen: *»Gib mir Pepper als Anzahlung, den Rest kannst du bis zu deinem 450. Geburtstag in Raten abbezahlen.«*

Tapirs Worte schießen mir durch den Kopf. »Als Pferdebesitzer haftest du für alle Schäden, die dein Pferd anrichtet.«

Natürlich ist Pepper versichert, falls er einen Unfall verursacht. Dafür hat Papa schon gesorgt. Allerdings weiß ich auch von ihm, dass Versicherungen alles tun, um nicht zahlen zu müssen. Wer weiß, was die sich einfallen lassen

Stöhnend drehe ich mich auf den Bauch. Jeder Knochen tut weh. Zwischen meinen Zähnen knirscht Sand. Ich schmecke den dumpfen Geschmack von Erde und lecke mir Krümel vom Mund.

Mit einer vorsichtigen Kopfbewegung peile ich nach meinem Bein, das ziemlich mitgenommen unter den roten

Bermudas hervorlugt. Vielleicht ist mein Schienbein gebrochen? So kompliziert, dass ich nie wieder reiten kann? Ich werde nur noch mit Krücken gehen können, genauso wird es enden. Vince will aber ein heiles Mädchen und verlässt mich. Und Pepper gehört vielleicht schon bald Melly. Als Anzahlung für den geschrotteten Jeep.

Ziemlich viel für einen einzigen Tag. Nun kommen mir doch die Tränen.

Das Schild von den unberechtigt parkenden Fahrzeugen sieht mir beim Heulen zu. Tränen brennen auf meinem Gesicht. Hitze brennt in meinem Nacken. Angst brennt in meiner Seele.

Ich will nie mehr aufstehen.

Durch mein dünnes Top spüre ich jedes kleine Steinchen auf dem Weg. Plötzlich berührt etwas Halbweiches meine Hüfte.

»Bist du tot?«

Ich blinzele unter meinem Ellenbogen hindurch zu der leisen Stimme. Eine Kindersandale kickt vorsichtig an mir herum. Ein kleiner nackter Oberkörper unter braunen Haaren beugt sich über mich. Erschreckt springt der Kleine zurück, als ich mich umdrehe und ihn grimmig mustere. Ein brutaler Zwerg fehlt mir gerade noch. Sechs oder sieben mag er sein, so alt wie Habis Sohn Johnny.

»Du bist ja gar nicht tot.« Beleidigt guckt er mich an, weil aus seinem Leichenfund nichts geworden ist.

»Gut erkannt, Klugscheißer.« Ich richte mich auf und reibe mein schmerzendes Bein.

»Aber wenn du weiter mit mir Fußball spielst, bin ich wirklich bald tot.«

Er schweigt und verschränkt die Arme. »Du bist voll gegen die Stange geknallt«, sagt er schließlich und mustert das Verkehrszeichen. »Habe ich aus meinem Zimmer gesehen.«

Mit einem unglaublich sommersprossigen Arm zeigt er auf ein Dachfenster des vorderen Siedlungshauses.

Ich reiße mich zusammen und ziehe mich an der Schilderstange hoch. Vor dem Zwerg im Straßenschmutz zu liegen, verträgt meine Ehre nicht. Probehalber setze ich mein linkes Bein auf. Klappt. Es steht normal neben dem rechten. Also doch nichts gebrochen. Wahrscheinlich nur Prellung, Zerrung, Verstauchung, das ganze Programm. Interessiert sieht der Kleine mir zu.

»Wie heißt du?«

»Ben.«

»Ich Flo.«

»Iiih, wie fies.«

»Danke, Mann. Flo ist nur die Abkürzung von Flora.«

»Ach so.«

Ächzend hebe ich mein unversehrtes Rad auf.

»Du brauchst Pflaster.« Stirnrunzelnd mustert der Junge mich. Hier spricht ein Fachmannn, wie ich sehe. Über seinen Knien kleben breite Heftpflaster. »Wir haben was.«

Ich nicke und schiebe mein Rad humpelnd neben Ben her zum ersten Haus in der Reihe. Vom Treppenabsatz sieht uns eine junge Frau in Shorts und trägerlosem Top entgegen. Sie hat uns kommen sehen, macht gleich die Tür frei und lässt mich ohne Umstände herein.

»Die habe ich gefunden«, erklärt Ben mit einem Blick auf mich. »Die ist hingeflogen. Mit dem Fahrrad.«

»Darf ich bitte kurz in Ihren PC gucken?«, frage ich. Mit zwei Tempos tupfe ich vorsichtig meinen blutenden Ellenbogen ab. »Ich will nur nachsehen, ob jemand was ins Netz gestellt hat. Vielleicht ein Video.«

»Was? Du hast aber Humor. Ich dachte, du brauchst Pflaster und Salbe.« Die Frau betrachtet besorgt mein Bein.

»Später.« Dann erzähle ich in Kurzform vom Weideausbruch und von meinem Pepper.

Bereitwillig zieht die junge Frau ein Laptop aus dem Regal und fährt ihn hoch. Ich googele: »Pferde ausgebrochen Haverstedt«, »18 Pferde von Weide ausgebrochen« und »aktuelle Videos«.

Unsere drei Köpfe hängen über dem Rechner.

Und dann finden wir bei aktuellen Videos die Schlagzeile »Pferde blockieren Zug mit Fußball-Fans«. Vor elf Minuten veröffentlicht.

Mein Hals wird trocken.

»Guck doch rein«, drängt Ben.

Seine Mutter schiebt mir ein Glas Wasser hin. Ich setze es an, ohne den Blick vom Bildschirm zu nehmen. Ben drängt sich neben mich und klickt den Film an.

Ich halte mir die Augen zu und peile angstvoll zwischen den Fingern hervor. Was muss ich gleich sehen?

Eine Gruppe von Pferden steht mitten auf der Bahnstrecke. Einige gehen vorsichtig zwischen den Schienen hin und her, balancieren auf den Bahnschwellen, drei Pferde stehen auf dem aufgehäuften Schottersteinen neben den Gleisen. In weiter Entfernung kreist oben der Polizeihubschrauber. Eine rote Lok ist zu sehen. Regionalexpress Hamburg-Lübeck.

Das Video hat jemand durchs geschlossene Zugfenster gemacht, schätze ich. Die Pferde rotten sich dicht zusammen und bewegen sich äußerst sparsam.

»Da, die beiden hellen Fjordpferde«, quetsche ich hervor. »Das können nur Oskar und Halvor sein. Und dahinter steht Skagen.«

Skagen erkenne ich zwischen tausend anderen Pferden, ein auffällig gemusterter Fuchstigerschecke, wie man ihn selten sieht. Einige Braune sind durch ihn verdeckt, stehen hinter den Schienen auf dem schräg abfallenden Schotterbett. Mein Herz rast. Ist Pepper dabei?

Ich krieche fast in den Bildschirm, bis mir die Augen tränen. Nein, keine Chance, ich kann es einfach nicht erkennen. Ebenso gut können es die Trakehner Stuten sein oder Mounty. Ganz hinten leuchtet ein Schimmelkopf.

»Das ist Grazius«, sage ich aufgeregt. Er muss es sein, denn die anderen beiden Schimmel sind ja schon zu Hause. Für einen Moment meine ich, Alpinos blonde Mähne zu erkennen. Ich schicke Stoßgebete zum Himmel. Wo Alpi ist, kann Pepper nicht weit sein.

»Werden sie jetzt totgefahren?«, fragt Ben gespannt. Wenn er nicht so klein wäre, würde ich ihm eine kleben.

»Unsinn, Ben«, sagt seine Mutter. »Der Tag ist so hell, wahrscheinlich hat der Lokführer die Pferde schon von Weitem gesehen und konnte rechtzeitig bremsen.«

Ich klicke das Video noch einmal an.

Langsam und stakelig bewegen die Pferde sich auf dem Schotterbett. Offenbar haben sie keinen Plan, was sie als Nächstes tun sollen. Sind alle zehn Pferde zusammengeblieben? Fast scheint es so, aber zählen kann ich sie nicht. Nicht mal, ob eins verletzt ist, kann ich ausmachen.

Aber diese Schottersteine auf dem Bahndamm! Die sind gefährlich, hat Dr. Müller-Maring gesagt, wegen der scharfen Kanten. Sie schneiden in den Huf. Die Hornwand kann so weit brechen, dass es blutet. Hätte unser Tierarzt das bloß nicht erwähnt.

»Die Strecke Hamburg-Lübeck ist bis auf Weiteres gesperrt«, steht unter dem Video. »Der Nahverkehrszug ist mit Hunderten Fans besetzt, die zum großen Fußballturnier nach Hamburg wollen. Einige randalieren im Zug, weil sie fürchten, wegen der Pferde das Event zu verpassen. Bisher werden die Ausschreitungen aber durch besonnene Mitreisende im Zaum gehalten.«

Auf dem Bildschirm bietet man mir rechts und links vom Video die schlimmsten Tier-Unfälle der letzten Jahre an. Kühe, Schafe, Rehe auf Bahngleisen. Blut auf Waggons. Blut auf Gleisen. Blut auf Schottersteinen.

Ich drehe mich rasch zur Seite. Danke, Internet. Sehr freundlich, dass du mir ungefragt allen Horror dieser Welt anbietest.

Der NDR unterbricht seine Sendung für eine Verkehrsdurchsage.

»Achtung Autofahrer. Bitte achten Sie an den Bahnübergängen der Strecke Hamburg-Lübeck auf eine Gruppe entlaufener Pferde. Der Zugverkehr wurde vorübergehend eingestellt. Wer die Pferde sieht, sollte umgehend Polizei oder Feuerwehr benachrichtigen. Wir informieren Sie, sobald die Gefahr vorüber ist.«

Spontan legt Bens Mutter mir den Arm um meine schmutzigen Schultern.

»Gefahr erkannt, Gefahr gebannt«, sagt sie zuversichtlich.

Ich nicke dankbar und putze mir mit meinem blutverschmierten Taschentuch die Nase. Wenigstens werden nun immer mehr Leute alarmiert, die auf entlaufene Pferde achten und die uns anrufen können.

Ich ziehe mein Handy hervor und drücke die Stallnummer.

»Die Pferde stehen auf der Bahnstrecke nach Lübeck«, schreie ich, als Lennart Habicht sich meldet. Das muss ich einfach herausbrüllen. »Im Internet gibt es ein Video. Die

Fjordpferde habe ich erkannt. Skagen ist eindeutig auch dabei.«

»Danke Flo, danke. Hat uns die Polizei gerade mitgeteilt. Der Hubschrauber hat die Gruppe entdeckt. Inzwischen hat jemand die Pferde von der Strecke vertrieben.«

Ich weiß nicht, ob ich lachen oder weinen soll. Gut, dass die Pferde von den Gleisen sind, aber wo stecken sie jetzt?

»Gibt es eine neue Spur?«

»Leider nicht. Halt weiter die Augen offen, Flo.«

»Logisch. Melde mich wieder.«

Frustriert schiebe ich das Handy zurück in die Hosentasche. Plötzlich sind meine Schmerzen wieder da. Ich glaube, ich sehe ziemlich jämmerlich aus.

Bens Mutter setzt einen Karton mit Medikamenten vor mich auf den Tisch.

»Dann wollen wir mal.«

Sie untersucht die geschundenen Stellen, tröpfelt Desinfektionslösung darauf und verpflastert mich nach allen Regeln der Kunst. Zum Schluss reicht sie mir eine Tube mit Salbe gegen Prellungen.

»Darf ich mal?« Mit sanfter Gewalt nimmt sie mir die Tube aus der Hand. »Du bist ja viel zu aufgeregt.«

Stimmt, ich reibe ständig auf einer Stelle an meiner Hüfte herum. Noch zwei Minuten länger und meine Finger kommen auf der anderen Seite wieder zum Vorschein. Bens Mutter zieht das Top seitlich hoch, trägt das Gel dick auf und reibt es sachte ein.

»Danke für alles. Ich muss los.« Beim Aufstehen ächze ich wieder. Auf keinen Fall darf Vince mich so entstellt sehen.

»Willst du nicht lieber zum Arzt?«

»Jetzt? Nein, erst muss ich Pepper finden.«

Ich hangele mich die Treppe herunter, als Ben mir nachruft: »Ich will wissen, ob du dein Pferd findest.«

»Okay, gib mir deine Nummer.«

Ben rast die Stufen herunter, macht kurz kehrt und kommt mit einem Kugelschreiber zurück. Ohne zu fragen, schreibt er mir ungelenk eine blaue Telefonnummer auf den heilen Handrücken.

»Danke, Retter«, sage ich und schwinge mich aufs Rad. Was heißt schwingen. Ich eiere auf den Sattel wie ein Zitteraal.

11.

Natürlich ist es dann doch ausgerechnet Vince, den ich auf dem Habichthof von Weitem entdecke, als ich nach meiner missglückten Radtour in den Stall humpele. Verpflastert wie ein Zombie.

Auf der Stallgasse erkenne ich sofort, dass Peppers Box noch immer leer steht. Insgeheim hatte ich auf ein Wunder gehofft. Dass Pepper munter in seiner Box stehen und mir sein Sonntagswiehern entgegenschmettern würde. Dass Tapir ihm das dampfende Mash in den Trog geschüttet hat und Pepper sein Lieblingsfutter begeistert aufleckt.

Frustriert betrete ich die Box und lehne mich gegen die Trennwand zu Flemming. Das muss ich erst verdauen.

In meinem Rücken flüstert Gloria mit dem Brandenburger Wallach herum. Warum muss ausgerechnet ihr Lieblingspferd zurück sein und mein Schatz nicht?

Da kommt Vince auf mich zu. »Hilfe, was ist denn mit dir passiert?«, fragt er erschrocken und zeigt auf meine Pflaster. »Bist du gegen eine Wand gelaufen? Oder mit dem Rad gestürzt?«

»Ja, Fahrrad. Aber halb so schlimm.«

Ich hebe die Schultern und er folgt meinem Blick durch Peppers leere Box.

»Keine Spur, was?«, fragt Vince leise. Er lehnt sich in die offene Tür und drückt mir einen Becher mit Schoko-Mousse in die Hand. »Du hast bestimmt heute noch nichts gegessen. Habe ich für dich besorgt. Du bist doch ein Fan davon.«

Ich verziehe dankbar mein Gesicht und reiße gehorsam

den Pudding auf. Aber schon beim zweiten Löffel streiken meine Magennerven.

»Ich kann einfach nicht, Vince. Solange Pepper verschwunden ist, kriege ich keinen Bissen herunter.«

Ich gebe ihm den Becher zurück. »Wenn sich die Raserei mit dem Rad wenigstens gelohnt hätte... nur das Video vom Bahndamm habe ich inzwischen gesehen. Verdammt, welcher Idiot verscheucht die Pferde von den Gleisen und merkt sich nicht, wohin sie laufen?«

»Sind eben alles keine Pferdemenschen wie wir.«

Pferdemenschen wie wir, sagt er. Trotz meines Grams möchte ich ihn abküssen. Vince rechnet sich ganz normal zum Stall. Dabei konnte er vor vier Monaten noch kein Pferd von einer Lokomotive unterscheiden.

Im Stall herrscht aufgeregte Unruhe. Ständig laufen Reiter zwischen Hof und Habichts Büro hin und her. Die Tür zu seinem Büro steht offen. Eine Seltenheit. Ein Beweis, wie alarmierend die Lage ist.

Emi kommt mit den Zwillingen und Ferdi die Stallgasse hoch. Auch ihre Pferde fehlen noch. Alpino und die Fjordies Halvor und Oskar. Ferdi hat sein Miniradio angeschaltet und dreht lauter, weil nach den Sechzehn-Uhr-Nachrichten eine Verkehrsdurchsage angekündigt wird.

Nach endlosen Warnungen vor verstopften Straßen kommt endlich der Hinweis auf unsere Pferde.

»Der Zugverkehr Lübeck-Hamburg ist weiterhin stark eingeschränkt, an einigen Stellen unterbrochen. Die Züge müssen langsam auf Sicht fahren, weil nach wie vor zehn Pferde vermisst werden, die vor einer Stunde in der Nähe der Bahnstrecke gesehen wurden. Wir bitten die Autofahrer in diesem Bereich um erhöhte Vorsicht.«

Mitten in der Durchsage geht Glorias Handy. Mal wieder

ihre Mutter, das hören wir an den Antworten. Gloria soll endlich nach Hause kommen und ihren Koffer packen, weil sie nachts nach Südafrika fliegen wollen.

»Deine Mutter nervt. Kannst du nicht draußen telefonieren?«, stöhnt Kriss.

»Genau. Wir wollen Nachrichten hören«, nölt Tessy. »Die halbe Herde wird schließlich noch gesucht.«

Überraschenderweise läuft Gloria rot an und verschwindet nach draußen.

Kaum ist sie aus der Tür, hören wir vom Hof ihren schrillen Aufschrei. Emily verdreht die Augen. »Die macht sich wieder wichtig«, flüstert sie.

Im nächsten Moment schreit Gloria durch die Stallgasse: »Kommt raus! Auf unserer Weide stehen Pferde. Sie sind zurück.«

Pepper, denke ich voller Hoffnung, Pepper ist dabei. Im nächsten Moment rennen wir los und stürmen auf den Hof.

Sofort erkenne ich, dass nur zwei Pferde unten auf der Weide grasen, dort wo der Zaun eingerissen ist. Ein großer Schimmel und ein niedriger, kräftiger Fuchs.

Kein Brauner.

Kein Pepper.

Die beiden Heimkehrer können nur Grazius und Odin sein. Aber eine Hoffnung bleibt mir: Vielleicht ist der Rest der Herde nicht weit?

Wir schnappen uns Halfter und gehen langsam auf die Pferde zu. Ich tauche mit Emi unter dem Zaun hindurch nach innen, der Rest unserer Gruppe geht im großen Bogen von außen an die Weide heran. Wir müssen sinnig vorgehen, um nicht zu riskieren, dass die beiden Pferde erneut die Flucht ergreifen.

»Was für ein Glück, dass Habi die Polizisten überredet

hat, das Flatterband wegzunehmen«, sagt Emi leise. »Vielleicht wären die beiden umgekehrt, wenn sie keine Öffnung in der Koppel gefunden hätten.«

»Emi, weißt du, was das heißt, dass die beiden zurück sind? Unsere können auch nicht mehr weit sein.«

»Oh Mann. Hoffentlich.«

Wir sind früher bei den Ausreißern als die anderen Mädels. Odin sieht völlig normal aus, Grazius dagegen nicht. Der große Schimmel wirkt mitgenommen. Sein weißes Fell ist in großen Wellen auf der Haut angetrocknet.

»Er muss geschwitzt haben«, sage ich halblaut. »Bestimmt hat er sich wahnsinnig aufgeregt.«

Behutsam lege ich Grazius das Halfter auf. Sein Gesicht gefällt mir ganz und gar nicht. Sein Blick ist starr und abwesend, die Wangenmuskeln treten hervor, als würde er die Zähne fest aufeinanderpressen.

»Grazius sieht nach Schmerzen aus«, bestätigt Emi besorgt, während sie sich um den ruhigen Odin kümmert. »Der Arme ist so sensibel. Er ist ja normalerweise schon aufgedreht. Der Ausbruch heute macht Grazius noch irrer.«

Wir führen die Pferde von der Weide und ich merke sofort, dass Grazius vorne lahmt. Als wir den Sandweg Richtung Stall einschlagen, sehe ich, dass sein rechtes Bein blutverschmiert ist. Grazius mag nicht auftreten. Langsam sickert etwas Blut aus einer schmalen Wunde und färbt den gelben Sand rot. Ich muss schlucken.

Vorsichtig dirigiere ich Grazius auf den festen Trampelpfad, der den Reitweg begleitet.

Tapir eilt uns entgegen und bedeutet mir, stehen zu bleiben. Ich halte sofort an und warte ab.

Tapir hockt sich neben Grazius' Vorderbein, betastet und fühlt, wiegt den Kopf und ordnet an: »Führ ihn noch die paar Meter bis zum ersten Anbindepfosten, aber nicht weiter. Bleib auf dem festen Seitenstreifen, nicht durch den Sand. Ich fürchte, die Sehnen haben etwas abbekommen. Ich telefoniere gleich nach Dr. Müller-Maring.«

Behutsam führe ich Grazius weiter und binde ihn am ersten Pfosten an. Emi stellt Odin in die Nähe, damit Grazius nicht allein ist und sich aufregen muss.

Tessy und Kriss schleppen zwei Eimer Wasser herbei, die die Pferde sofort leeren. Gloria und Melly bringen einen Arm Heu und legen die Portion vor die Hufe, damit die Pferde abgelenkt sind.

Im Laufschritt kommt Herr Habicht zu uns herunter, während Tapir mit dem Tierarzt telefoniert.

»Habe schon die Besitzer angerufen«, sagt Habi. »Lars schwirrt dummerweise irgendwo in Norddeutschland auf Dienstreise herum, aber Dörte Rehbein ist unterwegs hierher.«

Dörte Rehbein ist nicht gerade der Liebling des Stalls. Eine junge Zahnärztin, sie hat letztes Jahr eine Praxis eröffnet und überhaupt keine Zeit für Grazius. Das regt uns alle auf. Wenn sie im Stall erscheint, muss immer alles schnell, schnell gehen. Dörte ist extrem ehrgeizig mit ihrem Grazius. Ständig muss der Holsteiner Schimmel auf Springturniere. Und sie immer unter Dampf, verbreitet Stress und Hektik. Damit macht sie Grazius ganz fummelig. Dabei ist der Wallach von sich aus schon nervös genug.

»Wenn Dörte fragt, wann sie Grazius wieder springen kann, knalle ich ihr eine«, flüstert Emi mir zu.

Nicht umsonst hat Grazius sich den behäbigen Odin und seinen gemütlichen Besitzer Lars als Freunde ausgesucht. Der Kaltblüter strahlt Ruhe aus, genau wie Lars

Döbber. Ein extrem freundlicher Mensch, IT-Berater, der Odin nur zur Entspannung hält. Lars hat seine Freude daran, stundenlang mit Odin durch den Wald zu spazieren.

Tapir kommt mit einer Handvoll Verbandszeug zurück, kniet sich neben Grazius, legt eine große Wundauflage auf die blutende Stelle, polstert das Bein mit Verbandsmull und wickelt eine grüne Bandage darüber.

»Was kann Grazius bloß passiert sein?«, fragt Emi. »Wird wohl ewig ein Geheimnis bleiben.«

Habi sieht uns an. »Ich weiß es genauer, als mir lieb ist. Habe gerade eine Mitteilung von der Polizei bekommen. Ein panischer Schimmel ist einem Autofahrer mitten in die Windschutzscheibe gesprungen.«

»Was?«, schreien wir alle gleichzeitig.

Habi nickt. »Ein Wunder, dass er sich nicht noch schlimmer verletzt hat. Aber ein Sprung ins Auto, dabei können die Sehnen natürlich etwas abbekommen.« Er wendet sich an Gloria. »Du hast doch dieses Superhandy, sieh mal nach, ob der Unfall schon im Internet steht. Wäre gut, wenn der Tierarzt den genauen Hergang kennt. Dann kann er sich ein besseres Bild machen, welche Verletzungen entstanden sein können.«

Das lässt Gloria sich nicht zweimal sagen. Ihr Zeigefinger fegt über den Touchscreen. Das erste Mal kann sich Gloria heute mit ihrem Medienwahn nützlich machen. Fast bedauere ich, dass sie morgen für drei Wochen verreist.

»Guck unter Norddeutsche Tageszeitung«, schlägt Melly vor. »Die hat eine Online-Ausgabe. Immer topaktuell. Sämtliche News stellt die Redaktion sofort online. Die Pferde auf der Bahnstecke standen auch blitzartig drin.«

Gloria grunzt zustimmend, sucht weiter und plötzlich stoppt ihr rasender Finger.

»Das glaubt uns keiner«, murmelt sie und hält uns die aktuelle Nachrichtenseite mit einem glasklaren Foto hin.

Das Bild zeigt ein silbernes Auto am Straßenrand. Die Motorhaube ist völlig verbeult, die Windschutzscheibe zerborsten. Rund um ein hufgroßes Loch im Frontfenster ziehen sich tausend Risse wie ein riesiges Spinnennetz.

Beim Anblick des Bildes zucke ich zusammen.

»Verdammt«, sagt Tapir. »Der muss aber voll zugetreten haben. Steht Text dabei?«

Gloria nickt und liest vor.

»Freitag, 15.12 Uhr. Riesenglück hatte ein 35 Jahre alter Pkw-Fahrer am Freitagnachmittag. Auf einem schmalen Verbindungsweg zur Bundesstraße 75, wo er seinen Wagen gerade gestoppt hatte, sprang ihm gegen 15 Uhr plötzlich ein Pferd auf die Motorhaube. Bei dem Versuch, den Wagen zu überwinden, durchtrat das Tier die Windschutzscheibe. Offenbar wollte es auf kürzestem Weg Anschluss an ein anderes Pferd halten. Ein Vorderbein blieb zunächst im Sicherheitsglas stecken. Das Pferd befreite sich jedoch allein und lief in ein nahes Waldstück. Die Polizei vermutet, dass der Schimmel zu der heute in Haverstedt ausgebrochenen Herde gehört.«

Furchtbar. Was, wenn das Pepper passiert wäre?

»Pepper hat sich bestimmt nicht verletzt. Dein Pferd ist doch total gelassen«, tröstet Vince mich leise. Dankbar lächele ich ihn an. Er ahnt, was mir gerade durch den Kopf geht.

Ich fotografiere Odin beim Heufressen und schicke das Bild Lars Döbber aufs Handy. Postwendend simst er zurück.

DANKE für euren tollen Einsatz ☺. Weiß nicht, wann ich eintreffe, stehe im Stau bei Bremen. Morgen eine Runde Eis für alle. Lars

Sehr anständig von Lars. Dörte käme nie auf so eine Idee, obwohl sie garantiert viel mehr verdient als Lars.

Dr. Müller-Maring fährt vor und schleppt seine schwere Arzttasche zu uns an den Weg. Wegen der Wärme hat der Tierarzt inzwischen sein Haar zu einem winzigen Knoten am Hinterkopf gebunden. Wie ein japanischer Sumo-Ringer.

»Ich habe ein Bild von Grazius' Unfall«, sagt Gloria und hält Dr. Müller-Maring die Online-Seite hin, die er kurz begutachtet. »Oha. Nur gut, dass unsere Autos Sicherheitsglas haben«, sagt er seufzend. »Sonst wäre Grazius wohl schon im Pferdehimmel.«

»Und der Fahrer auch«, bemerkt Tapir.

»Hört auf, Leute.« Lennart Habicht schlägt die Hände überm Kopf zusammen. »Malt nicht den Teufel an die Wand.«

Er bedeutet uns, Abstand zu halten, damit der Tierarzt Grazius ungestört untersuchen kann.

Tapir flüstert: »Nach meiner Meinung sind die Sehnen betroffen. Fesselträger, fürchte ich. Das wäre schlimm. Dauert ewig, bis das heilt.«

Nach einer Weile richtet Dr. Müller-Maring sich auf und wischt seine Hände an der Hose ab. »Ist euer Hänger hier?«, fragt er Habi. »Grazius sollte für weitere Untersuchungen in die Klinik. Die Besitzerin muss ja jeden Moment kommen und kann das entscheiden.«

Das klingt nicht gut. Wir wechseln Blicke. Melly spricht aus, was wir alle denken: »Mit dem Springen ist es dann wohl vorbei?«

Unser Tierarzt zuckt die Schultern. »Ärztliche Schweigepflicht. Dazu darf ich keine Auskunft geben.«

Tessy bohrt weiter. »Aber Sie können doch sagen, wie es bei einem wildfremden Pferd wäre? Also grundsätzlich. Kann ein Pferd mit angerissenen Sehnen springen?«

»Natürlich nicht«, sagt Müller-Maring.

Bedrückt schleichen wir zurück zum Stall. Keiner mag die Antwort kommentieren. Wenn ein Pferd im Stall richtig krank oder verletzt ist, dann drückt das bei allen mächtig auf die Stimmung. Dabei wissen wir noch gar nicht, was aus den acht Pferden geworden ist, die noch fehlen.

Melly trödelt hinter mir her. Auf einmal bleibt sie stehen und packt meinen Arm.

»Unsere Pferde, unsere Pferde! Dort drüben.«

Wir schießen herum. Etwas Blondes leuchtet durch die Büsche am Ende des Reitwegs.

»Alpino«, schreit Emi und rennt los.

»Hört auf zu rennen. Macht die Pferde nicht verrückt«, ruft Tapir. Aus dem Augenwinkel sehe ich Dörte Rehbein über die Einfahrt zu Grazius eilen.

Tessy und Kriss stürmen den Weg Richtung Gelände entlang. Ich komme kaum hinterher, mein Bein schmerzt zu sehr. Verdammtes Lahmen. Gerade jetzt, wo mein Pepper zurück ist. Bestimmt ist er dabei. Er und Alpino sind doch dicke Freunde.

Hinter Alpino erscheint ein heller Fuchstigerschecke. Skagen. Jetzt kommen alle Pferde nach Hause.

Mein Herz überschlägt sich, als ich den Reitweg hinunterhaste, denn weit hinten zeichnet sich im Schatten der Bäume ein brauner Kopf mit schwarzer Mähne ab.

Er ist es, er ist es, frohlockt alles in mir. Wo Alpino auftaucht, ist Pepper nicht weit. Die beiden guten Freunde trennen sich nicht.

Zwei Rotbraune drängen sich neben Alpino am Zaun vorbei. Siri und Piri, die Trakehner Stuten. Die Zwillinge sind schon zur Stelle und schlingen ihnen Führstricke um den Hals. Ohne Widerstand lassen sich die Trakehner von Tessy und Kriss mitnehmen.

Hinter einer Baumgruppe erkenne ich die blonden Mähnen von Alpino und Emi. Sie hat ihn und macht gerade kehrt. Bringt sie Pepper gleich mit?

Wo ist der Braune überhaupt geblieben? Emi biegt um die Kurve, sie hat aber nur Alpino am Strick. Da sehe ich den Braunen erneut, am Zaun unter dem großen Ahorn. Mein Herz hat plötzliche Aussetzer, dann rast es wieder wie verrückt. Himmel, wie lange kann man das ertragen, ohne auf der Intensivstation zu landen?

Pepper, es ist Pepper.

Aber wo ist sein dynamischer Schritt? Hat mein Schatz sich verletzt und kann nicht richtig auftreten? Im diffusen Licht wirkt er eher kastanienbraun als schokoladenbraun. Und massiger als sonst. Ach was, das macht nur das Spiel von Licht und Schatten unterm Ahornbaum.

Er ist es, er ist es. Er *muss* es sein.

12.

Dabei weiß ich schon lange, bevor ich es vor mir zugeben will: Der Braune ist nicht Pepper. Es ist Mounty.

Ernüchtert bleibe ich stehen, als ich das nicht länger leugnen kann.

Ohne Hast geht Melly an mir vorbei. Geschickt fängt sie Mounty ein, zieht ihm ein Halfter über und führt ihn schweigend an mir vorüber. Als sie schon ein Stück weg ist, stoppt Melly und dreht sich zu mir um.

»Von Weitem habe ich auch erst gedacht, es ist Pepper«, ruft sie mir zu. Dabei sieht Melly mich mit einem Blick an, den ich noch nie an ihr gesehen habe: Mitleid. Offenbar steht mir der Schock deutlich ins Gesicht geschrieben.

Ich schaue ihr nach, ohne etwas zu sagen. Und sehe mit blutendem Herzen mit an, wie Gloria Skagen zu fassen bekommt und zurückbringt. Wieder ein Pferd gerettet. Aber wieder nicht Pepper.

Skagen, Mounty, Piri, Siri und Alpino – alle fünf Pferde habe ich auf dem Video vom Bahndamm gesehen. Auf den Gleisen waren auch Pepper und die Fjordies dabei. Sie müssen also in der Nähe sein. Eine Herde trennt sich nicht ohne Not.

Ich humpele ein Stück weiter ins Gelände. Vince und Ferdi überholen mich.

»Warte hier, Flo«, sagt Vince über die Schulter, während er mit Ferdi an mir vorbeiläuft. »Mit deinem Bein kommst du nicht weit. Wir suchen in der Umgebung nach Pepper. Lass dein Handy an.«

Grenzenlos enttäuscht schaue ich Emi entgegen, die ein Stück entfernt mit Alpino aus dem Unterholz hervorkommt. So ist das also mit der dicken Freundschaft zwischen Alpino und Pepper, denke ich bitter. Wenn Pepper ihn braucht, haut der Haflinger einfach ab. Ist er etwa nur ein Freund in guten Zeiten?

»Freundschaft ist eine Seele in zwei Körpern.« Automatisch muss ich an meinen Lieblingsspruch von Mamas Teebeutel-Etiketten denken. Genauso hatte ich mir das mit Pepper und Alpi vorgestellt. Zwei Pferde, eine Seele. Aber kaum wird es eng, da packt Alpino seinen Anteil der Seele und ist ganz schnell weg.

Für den Gedanken hasse ich mich selber. Jeder weiß doch, wie schnell eine Pferdegruppe auf der Flucht auseinandergerissen wird. Ein Auto genügt und sie muss sich trennen. Bestimmt wäre Alpi lieber bei Pepper gewesen. Oder nicht? War es Alpino völlig schnuppe, was aus seinem Kumpel wurde?

Emis Gesicht leuchtet wie eine Laterne. Im Gehen drängt Alpino sich an sie, als wollte er mit Emi zu einem siamesischen Zwilling verwachsen. Sein Gesicht leuchtet auch. Freude eines Fluchttiers, das wieder im vertrauten Gelände ist.

Alle freuen sich, nur ich nicht.

Ich bringe es nicht einmal fertig, Alpino zu kraulen, als er vor mir stehen bleibt. Wie mies bin ich eigentlich? Aber ich kann mich nicht überwinden. Eisklumpen hängen statt der Arme an meinem Körper.

Da macht Alpino einen Schritt auf mich zu und drückt mir seine Nase auf den Arm. Will er mir sagen: »Pepper und ich wurden getrennt. Ich kann nichts dafür, das musst du glauben?«

Seine süße Geste treibt mir erneut Tränen in die Augen. Heute könnte ich wegen jeder Kleinigkeit heulen.

»Tut mir so leid, dass Alpi zurück ist und Pepper nicht«, sagt Emi leise. »Sei uns bloß deswegen nicht böse.«

»Quatsch.«

»Wir warten hier mit dir«, sagt Emi. »Pepper findet schneller den Weg, wenn er Alpino wittert.«

»Danke, Emi. Stark von dir.«

»Hättest du doch auch getan.«

»Stimmt.«

Muss ich mir für meine bitteren Gedanken über Alpino Minuspunkte auf meiner Fiese-Flora-Skala geben? Nein, dafür ist die ganze Sache zu ernst. Wie kann man überhaupt darauf neidisch sein, dass ein Pferd den Heimweg gefunden hat? Bin ich nicht. Ich will nur endlich wissen, wo Pepper steckt.

Die Jungs bleiben lange weg. Kein Geräusch, kein Trappeln, kein Wiehern. Der Wald schweigt. Mein Handy schweigt. Emi schweigt. Mir ist schlecht.

Ich starre hinauf zum Hof. Lennart Habichts Hänger steht mit heruntergelassener Rampe in der Einfahrt. Der verletzte Schimmel wird verladen. Viel Glück, Grazius.

Emi zeigt auf zwei breite Kratzer an Alpis Brust. Sieht aus, als habe er sich durch dichtes Buschwerk gezwängt.

»Guck mal, die Ratscher. Deswegen würde Regisseur Sautenberg doch glatt durchdrehen«, sagt Emi. »Gut, dass der Werbespot im Kasten ist. Sein schönes goldenes Pferd sollte doch immer perfekt und makellos aussehen.«

Zwei Kratzer. Was sind zwei Kratzer?

Vince und Ferdi kommen allein zurück. Sie brauchen gar nichts zu sagen. Mit gesenkten Köpfen gehen wir den Weg zurück auf den Hof. Ferdi drückt Emi einen flüchtigen Kuss auf die Backe, als er sich unbeobachtet fühlt, aber ich habe es trotzdem gesehen. Vince greift nach meiner Hand und drückt sie stumm.

Als wir ankommen, ist Grazius bereits Richtung Tierklinik unterwegs. Die wiedergefundenen Pferde sind sorgfältig von Tapir und Herrn Habicht untersucht worden. Alle sind unverletzt.

»Ihr könnt den Pferden die Beine kühlen«, sagt Herr Habicht zu uns. »Darin habt ihr ja inzwischen Übung. Hoffentlich finden wir die letzten drei Ausreißer, bevor es dunkel wird. Ich bin kurz im Büro, höre den Anrufbeantworter ab und gucke in meine Mails.«

Wir sind mitten in der Arbeit, da erscheint Lennart Habicht bei uns. Noch blasser als vorhin. Wie gebeugt er geht. Ich glaube, die Last der Verantwortung drückt ihn herunter. Habi scheint zu überlegen, ob er uns etwas anvertrauen soll, dreht sich wieder um, kehrt schließlich zu uns zurück und gibt sich einen Ruck, bevor er zu sprechen beginnt.

»Die Leute schreien mir die Mailbox voll mit wüsten Beschimpfungen. Als ich gerade in meine Homepage guckte, traf mich fast der Schlag. Voll mit Hass-Mails. Und das Gästebuch – lauter Hass-Kommentare. So etwas habe ich noch nie erlebt.«

Er stützt sich an der Wand ab.

»Eure verdammten Gäule sind schuld, wenn ein Unfall passiert, schreiben sie. Oder: *Muss denn heute jede Tussi einen eigenen Zossen haben? Hoffentlich wird das richtig teuer für euch.* Oder vorhin: *Wenn ich den Anpfiff verpasse, fackle ich euch die Bude ab.* Das kam garantiert aus dem Zug mit den Fußball-Fans.«

Herr Habicht ist erschüttert.

Wir mustern ihn mitleidig, wie er so schockiert an der Mauer lehnt. Unser Stallbesitzer ahnt gar nicht, was es an üblen Beschimpfungen, Schmähungen, Demütigungen im Internet gibt. Mobbing auf allen Kanälen. Habi hat keine

Ahnung vom wahren Leben. Er ist echt aus der Zeit gefallen.

Das ist jetzt ein Fall für Gloria.

»Normal, Herr Habicht«, sagt sie gelassen. »Solche Idioten gibt es überall. Die lassen anonym die Sau raus. Das biegen wir schnell wieder hin.«

»Wie denn?«, fragt Herr Habicht verzweifelt. »Was einmal auf meiner Seite steht, kriege ich nie mehr runter. Das auch noch zu der ganzen Katastrophe. Jeder Kunde kann die Beschimpfungen künftig lesen. Grauenvoll.«

Gloria macht eine wegwerfende Handbewegung.

»Pah, das wäre ja noch schöner. Soll ich Ihr Gästebuch vorübergehend aus dem Verkehr ziehen?«

»Kannst du das?«, fragt Habi hoffnungsvoll.

»Logisch, mit Zugang. Also mit Ihren Administrationsrechten. Müssten Sie mir allerdings geben.«

»Na klar, kein Problem!« Habi sieht erleichtert aus.

»Okay. Ich lösche den ganzen Mist und hinterlege eine neue Seite für die nächsten Tage. Beim Klick auf Ihr Gästebuch erscheint ab sofort: Das Gästebuch ist im Moment nicht verfügbar.«

Und dann erleben wir alle eine Premiere: Zum ersten Mal seit ich hier reite, legt Herr Habicht den Arm um Gloria Tanner, auf die er bis heute nie gut zu sprechen war. Er wirkt regelrecht gerührt: »Dafür bin ich dir unglaublich dankbar. Um dein Computer-Talent beneide ich dich wirklich.«

13.

Während Gloria im Büro die Sache mit dem Gästebuch regelt, halte ich draußen den Wasserstrahl auf Mountys Beine.

Wie oft habe ich das schon bei meinem Pepper gemacht. Nach jedem Ausritt lasse ich kaltes Wasser über seine Beine laufen. Aber heute ist alles anders. Keiner sieht mir an, welche Anstrengung es mich kostet, Mountys Beine zu kühlen. Mein Arm tut weh vom Heben des Schlauchs. Dabei hat er gar kein Gewicht, aber mir kommt es vor, als müsste ich die drei vermissten Pferde mit anheben. Pepper, Halvor, Oskar.

Die ganze Zeit behalte ich Reitweg und Gelände im Auge. Warum soll mein Pepper nicht auf einmal mit Halvor und Oskar aus dem Schatten der Bäume hervortreten? Einfach so, als sei nichts. Doch das geschieht nicht.

Ich schnappe Jannes Frage an Maxie auf: »Was macht Dörte Rehbein, wenn sie Grazius ein Jahr nicht reiten kann? Oder wenn er für alle Zeiten unreitbar ist?«

Was würde *ich* tun, wenn Pepper unreitbar wäre? Und was würden meine Eltern entscheiden? Würden sie für ein unreitbares Pferd jahrelang die Boxenmiete zahlen? Oder würde Papa mit seinem Drang zum Rechnen und Sparen sagen: »Ein Leben lang für ein lahmes Pferd zahlen? Kommt nicht in die Tüte.«

Von oben fällt ein Schatten über mich. Ich blicke auf. Tapir schiebt seine Daumen unter die Hosenträger und mustert mich nachdenklich.

»Flo, dein Futterbrei kann bei der Wärme nicht länger stehen bleiben. Mash gärt schnell. Willst du es nicht an die anderen Pferde verfüttern?«

Bitte? Ich soll Peppers Rettungsfutter weggeben? Undenkbar. Das wäre ein böses Zeichen. Langsam schüttelte ich den Kopf.

Tapir liest meine Gedanken. »Ist kein böses Zeichen, Flo. Herr Habicht hat noch einen halben Sack Mash, wir kochen nachher neues für Pepper.«

»Ich weiß nicht.«

»Doch, das ist richtig so. Soll ich die Schüssel gleich verfüttern? Dann musst du es nicht tun.«

»In Ordnung.«

Nichts ist in Ordnung. Als ich den Schlauch weghänge, sehen mich alle so komisch an. Katharina. Maxie. Leonie. Melly weicht meinem Blick aus. Janne auch. Ich weiß genau, warum. Wegen Peppers Mash, das Tapir jetzt in fremde Tröge füllt. Und wegen des Spruchs der Polizistin von heute Mittag: »Je länger die Pferde weg sind, desto größer die Gefahr, dass ihnen etwas zustößt.«

Nur nicht daran denken. Denken bringt mich nicht weiter. Was habe ich heute schon alles überlegt.

Zuerst wollte ich Pepper nur schnell finden, um morgen wieder ins Gelände reiten zu können.

Dann dachte ich: Hoffentlich läuft er nicht auf die Straße und verursacht einen Unfall.

Dann: Wenn er doch nur von den Bahngleisen verschwindet, bin ich glücklich.

Dann: Wenn er sich bloß nicht schrecklich verletzt hat, will ich zufrieden sein.

Dann: Wenn Pepper aber doch schlimm verletzt ist, hole ich mein ganzes Geld für die beste Tierklinik vom Sparbuch. Auch, wenn ich Pepper mein ganzes Leben lang nicht mehr reiten kann. Ich könnte ihn immerhin noch putzen und verwöhnen.

Meine Wünsche sind immer kleiner geworden.

Jetzt will ich nur noch, dass er lebt.

Ich führe Mounty in seine Box und bleibe gleich im Stall. Sandro, Dacapo und Collin liegen mit lang ausgestreckten Beinen in der Einstreu und schlafen. Ohne einen Blick in Peppers leere Box zu werfen, schleiche ich in die Sattelkammer. Hinter einem Mauervorsprung hängt dort das Stalltelefon an der Wand.

Ich hocke mich auf einen leeren Sattelholm und starre das weiße Teil an, das von vielen Fingerabdrücken Schmutzflecken bekommen hat. Falls es klingelt, bin ich als Erste am Hörer.

Ich verlasse die Sattelkammer nicht eher, bevor der Anruf kommt, dass jemand Pepper gefunden hat. Und wenn ich hier drei Tage und drei Nächte verbringen muss. Davon bringt mich niemand ab.

Vince kommt herein, sagt nichts und gibt mir einen zärtlichen Kuss auf die Stirn. Sein Schweigen ist lauter als jedes Wort und sagt: »Er kommt wieder.«

Ich bin Vince dankbar, dass er nicht redet und einfach wieder geht.

Die Wände der Sattelkammer bedrohen mich, schnüren mir die Luft ab.

Dabei habe ich diesen Raum vor sechs Stunden noch geliebt wie mein eigenes Zimmer. Den Duft von kernigem Leder, der mich immer etwas schwindelig und benommen macht. Ich mochte es, wie die Metallteile, die Schnallen und Ringe, bei jedem Luftzug leise klirren. Unter wie viel Gelächter haben wir gestern unser Zaumzeug aufgehängt. Vergangenheit. Mir kommt es vor, als baumelten die Trensen schlaff und kraftlos an der Wand, als gehörten sie nicht zu lebendigen Pferden.

Das schrille Klingeln wirft mich beinahe vom Sattelholm. Ich stürze mich auf den Apparat und reiße dabei den Hörer halb ab.

»Habichthof.«

»Haben Sie noch Plätze im Ferienkurs?«

Ich sacke in mich zusammen. Wie kann jemand jetzt diese Frage stellen? Aber automatisch fixiert mein Blick die Liste am Telefon und ich gebe Auskunft, als hätte ich einen Sprechchip in der Kehle.

»Der erste Kurs ist voll. Für den zweiten gibt es noch drei Plätze.« Ich lege auf.

In der Sattelkammer steht die Luft. Mir ist heiß. Schon wieder gellt die alte Telefonklingel. Bevor ich mich melden kann, ruft jemand ins Telefon: »Seid ihr der Stall mit den entlaufenen Pferden?«

Endlich, endlich eine Spur von Pepper.

»Ja«, flüstere ich.

Da schreit der andere auch schon los. »Wie asozial seid ihr eigentlich? Menschenleben sind euch wohl egal, wie? Wehe, wenn durch eure Gäule etwas passiert. Reicht es nicht, dass ihr die Waldwege mit Pferdeäpfeln überhäuft? Müsst ihr jetzt auch noch die ganze Bevölkerung in Gefahr bringen?«

Bevor ich etwas antworten kann, wird aufgelegt.

Wie konnte ich glauben, dass die Hass-Anrufe für Herrn Habicht nun plötzlich aufhören?

Allmählich schlägt mein Puls wieder ruhiger. Ich darf einfach nicht mit so großen Erwartungen ans Telefon gehen. Ich zucke zusammen, als die Glocke erneut schrillt.

»Hier Habichthof.«

Gloria Tanners Mutter ist dran. Immer noch besser als ein Pferdehasser.

»Gloria geht nicht an ihr Handy. Sie soll nach Hause kommen, wir fahren doch heute Nacht um vier zum Flughafen. Sie hat noch nichts gepackt.«

Ihre Sorgen möchte ich haben.

»Ich sag's ihr gleich.«

Dann schiebt Frau Tanner noch eine heitere Frage nach.

»Sind denn eure kleinen Ausreißer zurück?«

»Nein«, brülle ich in den Hörer, bevor ich ihn aufwerfe. »Die kleinen Ausreißer sind *nicht* zurück.«

Natürlich richte ich Gloria nichts aus. Soll doch nach Südafrika fliegen, wer will. Wir können Gloria momentan nicht entbehren. Jetzt säubert sie gerade Habis Forum und danach will sie wieder nach neuen Videos und Nachrichten checken.

Diese Hitze. Mit beiden Händen wische ich mir durchs Gesicht. Gleich zerfließe ich, aber in der nächsten Minute kribbelt wieder eisige Angstkälte durch meinen Magen. Drei Pferde können doch nicht spurlos verschwinden.

Wie lange sitze ich schon in der Sattelkammer? Zehn Minuten? Eine halbe Stunde? Noch länger? Ich habe das Gefühl für Zeit verloren.

Die helle Klingel reißt mich aus meinen Gedanken. Ich werfe mich auf den Apparat.

»Reitschule Habichthof.«

Am anderen Ende meldet sich eine aufgebrachte Männerstimme.

»Joop Odental. Ist dort der Reitstall, dem die Pferde weggelaufen sind? Vor denen sie im Radio warnen?«

Meine feuchten Finger umklammern den Hörer. Ist das wieder ein mieser Meckerer? Oder hat er eine Spur? Immerhin meldet er sich mit Namen.

»Haben Sie ein Pferd gesehen? Einen Braunen?«

Am anderen Ende schnauft die Stimme auf. Klingt nicht lustig, eher grimmig.

»Vermisst ihr auch halbe Pferde?«

Mein hoffnungsvolles Herzpochen verwandelt sich in hektisches Rasen. Halbe Pferde? Was meint er damit? Ein Unfall?

»Machen Sie keine Witze.«

Meine Stimme flattert. Obwohl ich mir alle Mühe gebe, ruhig zu reden, klinge ich verkrampft.

»Haben Sie Pepper gesehen? Er ist braun, schwarze Mähne und Schweif. Nichts Weißes auf der Stirn.«

»Vielleicht. Ich sehe allerdings nur ein halbes Pferd. Fehlen euch auch zwei Ponys? Hellbraun mit gestutzter Mähne?«

»Ja«, flüstere ich in den Hörer. Wenn ich noch fester zudrücke, halte ich gleich zwei Teile in der Hand. Der Anrufer muss echt sein, sonst wüsste er nichts von den Fjordpferden. »Ja, zwei Fjordpferde sind weg. Wieso halbes Pferd?«

Ein kurzes empörtes Lachen ist die Antwort. Im Hintergrund zwitschern Vögel. Und dann schnauzt Herr Odental ins Telefon.

»Ich habe ja schon einiges erlebt in meinem Garten. Letzten Winter Wildschweine. Jedes Beet haben die Schwarzkittel umgepflügt. Und dann dieser Waschbär, der ständig in meinem Garten auftaucht und alle Mülltonnen umstößt. Dass Karnickel meine Blumen abfressen … geschenkt. Von den Rehen rede ich gar nicht groß, die stehen jeden Morgen auf der Terrasse und reißen meine Ranken und Kletterpflanzen ab. Aber das hier, das hier …«

Der Mann am anderen Ende holt hörbar Luft, weil er offenbar nicht glauben kann, was er vor sich sieht.

»Können wir die Pferde abholen?«, stoße ich schnell hervor, bevor er noch weiter ausholt. Mich erfüllt auf einmal so eine selige Ahnung, dass Pepper im Garten dieses Herrn Odental steht. Trotzdem wage ich noch nicht, mich zu freuen. Zu viel ist heute schon schiefgegangen.

»Sicher! Sicher könnt ihr die Pferde abholen. Allerdings nur, wenn du Pippi Langstrumpf heißt.«

Erneut bricht mir der Schweiß aus. Herr Odental spricht in Rätseln.

»Hä?«

»Wenn du stark genug bist, ein Pferd aus einem Swimmingpool zu heben.«

»Wollen Sie damit sagen…«

»Richtig. Der große Braune ist nur halb zu sehen, weil er in meinem Pool steht.«

Viel fehlt nicht mehr und ich fange an zu heulen. Der Anruf ist ein Fake. Das bringt das Fass zum Überlaufen. Meine Nerven liegen blank.

»Schwacher Versuch«, sage ich mit mühsamer Beherrschung. »Sie müssen schon früher aufstehen, um eine Flora Rohde für dumm zu verkaufen.«

Stille am anderen Ende. Nach einem Moment folgt ein ärgerliches Schnaufen.

»Mäßige dich, Mädchen. Ich habe extra zuerst bei deinem Stall angerufen, um euch Auseinandersetzungen mit der Polizei zu ersparen. Aber das kann ich eins, zwei, drei ändern.«

Verdammt, ist der Mann doch kein Lügner? Sondern ein echter Swimmingpool-Besitzer mit Pepper in seinem Badewasser? Hoffentlich habe ich durch meinen Spruch nicht alles vergurkt und Herr Habicht bekommt nun mehr Ärger als nötig. Mamas aktueller Teebeutel-Spruch stimmt heute hundertprozentig: »Erst hat man kein Glück und dann kommt auch noch Pech dazu.«

»Oh nein, bitte nicht auflegen«, haspele ich hervor. »Ich dachte, Sie wollten mich hereinlegen. Tut mir echt leid. Stimmt das wirklich mit dem Pool?«

»Und ob.« Joop Odentals Stimme wird wieder etwas zugänglicher.

Und dann berichtet er, was er von seiner Terrasse aus sieht. Ein braunes Pferd steht bis zum Bauch im Wasser seines Pools.

»Ich bin vorhin nach Hause gekommen, da stand das Pferd bereits drin. Keine Ahnung wie lange schon. Tagsüber war hier niemand zu Hause. Wir wohnen am Akazienkamp, zehn Autominuten von euch. Die schmale Straße, die ins Naturschutzgebiet weiterführt.«

»Ja, kenne ich.«

»Das Pferd hat sicher versucht«, fährt Herr Odental fort, »aus dem Becken zu kommen. Aber der Pool hat nur vier steile Wände und keine Treppe am Rand, nur eine senkrechte Leiter.«

Eigentlich müsste ich platzen vor Glück. Auseinanderfliegen wie ein Feuerwerkskörper. Explodieren wie eine Supernova. Aber seltsamerweise antworte ich sachlich: »Ist Pepper verletzt?«

»Glaube nicht. Im Gesicht erkennt man nichts und bei allen Teilen, die aus dem Wasser ragen, ist auch nichts zu sehen. Höchstens ein paar Katzer, aber genau weiß ich das nicht. Er ist ja überall nass.«

Allmählich lässt der stechende Schmerz in meinem Kopf nach. Ist es möglich, dass dieser gruselige Tag doch noch ein glückliches Ende findet?

»Und die Ponys? Wo sind die?«

Offenbar berührt die Frage wieder eine wunde Seite bei Herrn Odental, denn erneut grunzt er.

»Diese gelben Monster? Die zertrampeln gerade meinen gepflegten Rasen. Ich meine, sie zerstören den Rest, den ihre Zähne noch übrig gelassen haben.«

»Laufen die beiden frei herum?«

»Das kannst du wohl glauben.«

Schon wieder funktioniere ich. Man könnte mich nachts um vier wecken und fragen: »Worauf muss der Pferdebesitzer achten, wenn sein Pferd in einen fremden Garten gerät?«

»Giftpflanzen«, würde ich traumhaft sicher murmeln.

»Haben Sie Giftpflanzen im Garten?«, frage ich.

»Wie bitte?«

»Also Eiben, Buchsbaum, immergrüne Hecken und solche Sachen.«

»Ja, alles.«

»Um Himmels willen. Das ist wahnsinnig giftig für Pferde. Bitte passen Sie auf, dass die Fjordies nicht an die Pflanzen gelangen. Sie dürfen nur Gras fressen.«

Durchs Telefon habe ich das Gefühl, Herr Odental fühlt sich allmählich überfordert. Ich höre, wie er Luft durch die Lippen presst.

»Du forderst mich auf, meinen schönen Garten weiter von euren Huftieren zerstören zu lassen?«

»Nein, natürlich nicht. Also, genau genommen: Doch. Ja.«

»Schon gut.«

Ein Seufzer folgt. »Ich versuche, sie auf dem Rasen zu halten. Sag deinem Stallbesitzer, er soll die Feuerwehr schicken, damit sie das große braune Pferd aus dem Pool fischen. Die haben dort entsprechende Hebegeräte für versackte Tiere, soviel ich weiß. Und holt unbedingt die gelben Ponys ab. Schreib auf: Joop Odental, Akazienkamp 14, Haverstedt. Hast du?«

Als er auflegt, zittern mir die Knie. Ich greife nach dem nächstbesten Sattel und halte mich fest. Erst jetzt sackt die Nachricht: Pepper lebt. Halvor und Oskar leben.

Jubeln kann ich nicht. Noch fühle ich mich von oben bis unten wie ein einziger großer Wadenkrampf. Aber wie einer, der sich allmählich löst.

Lennart Habicht schießt um die Ecke. Besorgt mustert er mich und nimmt mir den Hörer aus der Hand, den ich immer noch umklammere.

»Was ist los, Flo? Du bist kreidebleich. Gibt es Neuigkeiten?«

Schwach nicke ich.

»Pepper steht am Akazienkamp. In einem Swimmingpool. Und die Fjordies sind auch da.«

14.

Habi ist wie ausgewechselt, als wir nebeneinander im Laufschritt zu seinem Geländewagen stürmen. Das heißt, er läuft. Ich humpele, weil mein linkes Bein jetzt wieder schmerzt.

»Pepper steht im Swimmingpool«, ruft er ausgelassen über den Hof. »Unser Nilpferd Pepper. Und die Fjordies fressen gerade einen Garten kahl. Jetzt haben wir sie alle.«

»Hurra«, brüllt Leonie. Wie auf Kommando reißen alle auf dem Hof die Arme hoch und jubeln mit.

»Das stelle ich gleich online«, ruft Gloria und bearbeitet ihr Smartphone.

Melly schlägt mir auf die Schulter, als ich an ihr vorüberrenne. »Glückwunsch, Alte. Wenn Pepper etwas passiert wäre, wäre ich verrückt geworden.«

Lennart Habicht ruft noch ein paar Anordnungen über den Hof: »Tapir, du sagst nachher bei der Polizei Bescheid, dass wahrscheinlich alle Pferde wieder da sind. Aber erst abwarten, bis wir sie tatsächlich eingesackt haben. Dieser Bande traue ich alles zu.«

Im Vorbeigehen greift Lennart Habicht die aufgeregt umhertanzenden Zwillinge am Kragen und zieht sie mit.

»Kommt mit. Ihr kümmert euch um die Fjordpferde, Halfter und Stricke liegen noch im Wagen.«

Vince läuft auf mich zu. Sein Mund reicht gerade von einem Ohr zum anderen, so freut er sich mit mir.

»Du bist auch dabei«, ordnet Herr Habicht an und schickt Vince mit einer Kopfbewegung zum Auto. »Wir brauchen bestimmt ein paar starke Arme vor Ort. Halt, nimm die Wassereimer mit.«

Vince schnappt sich zwei leere schwarze Eimer, die neben dem Wasserschlauch stehen, und wirft sie in den Kofferraum.

Die Zwillinge drängen sich schon auf der Rückbank und ziehen mich ungeduldig ins Auto.

Der Akazienkamp liegt tatsächlich ganz nah zum Stall, nicht einmal zehn Minuten mit dem Auto.

»Und wir haben sonst wo gesucht«, stöhnt Tessy neben mir, als Herr Habicht am Ende einer schmalen Straße anhält. Ein nobles Viertel hat Pepper sich ausgesucht. Hinter hohen Hecken liegen teure Häuser auf großen Grundstücken. Habi sieht uns im Rückspiegel an und schmunzelt.

»Die drei *waren* auch sonst wo«, sagt er und schnallt sich ab. »Vielleicht sind sie gerade erst hier am Akazienkamp gelandet. Wer weiß.«

»Guten Geschmack hat dein Pepper ja.« Vince deutet auf den Nobelkasten vor uns, einen modernen Würfel aus hellgrauen Mauern und hohen Glaselementen. Er hebt die Hand. »Psst, hört mal.«

Aus dem Garten dringt eine energische männliche Stimme, die laut und voll klingt, als sei sie geübt im Redenhalten. Aber bestimmt ist sie nicht erfahren in solchen Ansprachen, die wir bis nach draußen hören.

»Nein, du kannst nicht über die Stühle steigen, du Monster. Auch nicht über den Grill. Hörst du nicht? Nun geh schon zurück, du frecher Kerl.«

Wir lachen befreit.

»Klarer Fall«, kichert Tessy, »der Mann kämpft mit unserem Halvor.«

Weil das Grundstück nur durch niedrige Beete von der Straße getrennt ist, gelangen wir mühelos an der Seitenmauer entlang zum Garten.

»Wer es Pferden so leicht macht, sein Grundstück zu entern, ist selber schuld«, bemerkt Vince neben mir.

Noch ein paar Sekunden und ich habe meinen Pepper wieder. Jetzt *muss* ich einfach laufen.

Hinter der nächsten Ecke erstreckt sich eine Rasenfläche mit langen Rispengräsern, rechts und links begrenzt von immergrünen Büschen, die mit einer Barriere aus Stühlen, Gartenbänken, einem Tisch, zwei Sonnenschirmen und einem fahrbaren Gartengrill abgetrennt sind. Gute Arbeit, die Giftpflanzen sind bestens abgeschirmt. Alle Achtung, Herr Odental! Zwischen Halvor und Oskar turnt ein schlanker Mann im dunkelblauen Anzug auf halsbrecherisch gestapelten Stühlen und hält Halvor mit ausgestreckten Armen auf Abstand.

»Herr Odental?«, ruft Habi zu ihm hinüber.

Halvor wiehert, als er Habis Stimme hört. Wir biegen um einen weiteren Mauervorsprung und stehen plötzlich vor einer Poolanlage. Den Anblick werde ich mein ganzes Leben nicht vergessen

»Alter Finne«, sagt Vince.

In einem pingelig gepflegten Garten mit noblem weißem Sonnenschirm, silbernen Laternen und hohen Blumenkübeln glitzert ein taubenblauer Pool. Und in der hintersten Ecke steht – mein Pepper. Nass und schwer hängt seine Mähne am Hals herunter. Kein Härchen an ihm ist trocken. Mein Pulsschlag macht einen Doppelsalto. Mein Herz zittert. Rosa Wärme füllt mich aus, rieselt durch jeden Quadratzentimeter Flora Rohde.

»Pepper! Pepper!«

Während er in meine Richtung guckt und mir ein überraschtes Wiehern entgegenschickt, denke ich gar nicht groß nach, was als Erstes zu tun ist. Ich kann fliegen. Die rosa Wärme verleiht mir Flügel. Ich renne einfach los und springe mit einem Satz in den Pool.

»Flora! Nicht«, höre ich Habi noch rufen. Zu spät.

Pepper weicht irritiert aus, als ich auftauche. Klar, ich sehe ja von einer Sekunde zur anderen völlig anders aus mit meinem angeklatschten Shirt und dem triefenden Haar.

»Pepper, ich bin es doch. Nun komm schon her, alter Ausreißer.«

Als ich ihn mit der Stimme beruhige, versucht er, sich vorsichtig zu nähern. Im Wasser kommt Pepper genauso langsam wie ich voran.

Neben mir treiben aufgeweichte Leckerli wie aufgedunsene Brötchen zwischen einer Portion Pferdeäpfel. Mit beiden Armen teile ich das Wasser. Trotzdem dauert es eine Ewigkeit, bis ich endlich bei meinem Pferd bin. Ich hänge mich an Peppers nassen Hals wie an einen Rettungsring. Er dreht den Kopf und reibt ihn an meinen Armen.

Pepper, wo bist du gewesen?

Keine Ahnung. Die Weide war plötzlich offen.

Ich habe solche Angst gehabt, dass du vor ein Auto läufst, Pepper.

Ich weiß nicht, wo ich bin. Ich will nach Hause.

Am liebsten würde ich ewig und immer hier stehen bleiben, im taubenblauen Pool von Joop Odental mit meinem nassen Gesicht an Peppers nasser Mähne.

Erst nach einiger Zeit merke ich, dass meine linke Seite wie Feuer brennt. Ellenbogen, Hand, Hüfte, Wade, alles. Schürfwunden und Chlorwasser sind keine gute Kombination. Zwei von Bens breiten Heftpflastern lösen sich und schwimmen auf dem Wasser. Ich heule wie ein Schlosshund. Natürlich nicht wegen der dämlichen Verletzungen, sondern vor grenzenloser Erleichterung. Gut, dass die da oben es nicht bemerken, weil ich ohnehin klitschnass bin.

»Sprichst du noch mit mir?«

Ich sehe hoch. Vince kniet zwischen zwei eingemauerten Pflanztrögen am Beckenrand und reicht mir einen frischen Eimer Wasser nach unten: »Das ist Folter, Pepper steht mitten im Wasser und kann nicht trinken.«

Natürlich, daran habe noch nicht einmal ich gedacht. Kein Pferd rührt Chlorwasser an. »Oh Mann! Klar. Danke.«

»Du siehst so schön aus im Wasser«, sagt Vince leise und streichelt mich mit den Augen. »Wie eine Nixe.« Er wirft mir einen verstohlenen Kuss durch die Luft zu.

Ich glaube, ich laufe gerade rot an und drehe mich schnell zu Pepper herum. Er konzentriert sich auf meinen Eimer, ohne Zögern schlabbert er los, zügig und schnell. Den Rest schnaubt er mir ins Gesicht.

Herr Habicht wirft mir mit vorsichtigem Schwung ein Halfter zu. »Leg Pepper das an, damit wir ihn besser zu fassen kriegen.«

Auf dem Akazienkamp röhren schwere Lastwagen heran. Die Feuerwehr? Pepper hebt den Kopf und spitzt die Ohren. Wir halten wieder unsere stumme Zwiesprache.

Gleich wirst du gerettet, Pepper.

Liebevoll reibe ich ihm die Backen und er schlenkert seinen Kopf.

Geh nicht wieder weg.

Nur bis zum Beckenrand, Pepper. Ich bleibe immer in deiner Nähe.

Als ich der Aluleiter zustrebe, nähert sich oben der Halvor-Bändiger. Ein Mann mit sorgfältig gezogenem Scheitel, ein Typ, der einem Manager-Magazin entsprungen sein könnte. Jetzt sieht er allerdings reichlich beschmutzt aus. Das muss Joop Odental sein.

Über den Rand sehe ich die Zwillinge mit unseren Fjordpferden auf seinem Rasen stehen.

Der Hausbesitzer wirkt leicht genervt, als er sich über die Kante beugt. Seine Jacke hat er abgelegt. Er streckt mir seinen Arm in dem besudelten weißen Oberhemd entgegen und hilft mir aus dem Wasser.

»Willkommen in der öffentlichen Badeanstalt am Akazienkamp. Schön, dass ihr so viel Spaß in meinem Pool habt.«

Seine Worte triefen von Ironie. Ich starre ihn nur stumm an.

»Haben wir telefoniert?«, fragt er.

»Ja. Flora Rohde.«

Wir gehen ein paar Schritte bis zu einer schattigen Terrasse vor dem Wohnzimmer. Ich tropfe hinter dem Hausbesitzer her und traue mich so nass nicht auf die feinen Sitzkissen.

»Setz dich doch, das ist jetzt auch egal.«

Herr Odental macht eine einladende Handbewegung, schiebt Vince und mir Colaflaschen hin, gießt sich selber einen großen Campari ein und hält dann Herrn Habicht die Flasche hin.

»Sie auch?«

Habi schüttelt den Kopf und schiebt seine schwarze Kappe auf der Glatze hin und her. »Muss noch fahren. Wenn ich heute etwas nicht brauche, dann zusätzlichen Ärger mit der Polizei.« Er seufzt schwer.

Joop Odental seufzt auch. »Mehr Aufregung brauche ich definitiv auch nicht. Die Kosten für den Garten müssen Sie aber übernehmen, Herr Habicht. Wenn die Feuerwehr gleich mit schwerem Gerät darin herumtobt, sind die Beete hinüber.«

Er erhebt sich und stopft sein verflecktes Hemd ordentlich in die Hose, als die ersten Feuerwehr-Uniformen um die Ecke kommen.

»Sie sind doch hoffentlich versichert?«, fragt er.

Habi nickt. »Natürlich. Aber dieses Ausmaß.«

Nervös steht unser Stallbesitzer auf. »Wenn die Versicherung nicht zahlt oder nicht alles, dann muss ich den Habichthof dichtmachen.«

Vince und ich wechseln entsetzte Blicke. Daran hat keiner von uns gedacht. Ich will diesen Gedanken jetzt auf keinen Fall vertiefen.

Der Feuerwehrmann, auf dessen schwarzer Uniform »Einsatzleiter« steht, macht mit zwei Kollegen eine Runde um den Pool, kommt dann zu uns und tippt grüßend an den Helm.

»Hendriksen, ich bin der Einsatzleiter. Mit unserem Rettungsgurt für Pferde wird das hier nichts. Wir kommen ja nur von einer Seite richtig an das Becken heran.« Er zeigt auf die kniehohe Mauer am Pool, auf zwei hohe Laternen, eingemauerte Pflanztröge und kleine Sichtschutz-Inseln aus Schilf.

»Aber Pepper kann nicht noch länger drinbleiben«, sage ich kläglich.

»Wir machen das Ding leer«, beruhigt Einsatzleiter Hendriksen mich. »Ist ja nur ein kleiner Pool. Drei Tauchpumpen rein, fertig. Dann Rampe aus Sandsäcken in das leere Becken. Ich bestelle gleich mal eine Fuhre.«

Seine warme Stimme flößt Vertrauen ein. Er greift zum Funkgerät, und als er fertig ist, frage ich todesmutig: »Was kostet das alles? Das Pferd gehört nämlich mir.«

Da lächelt der Einsatzleiter unter seinem gelben Helm und legt mir seinen Handschuh auf die Schulter. Wahrscheinlich steht mir die Angst vor der Antwort (»Mit zehntausend Euro musst du rechnen, das kannst du bis zu deiner Rente abbezahlen«) ins Gesicht geschrieben.

»Kostet nichts. Dafür ist die Feuerwehr da. Tier in Notlage, das gehört zu unseren Aufgaben.«

»Echt?« Der hellgelbe Feuerwehrhelm kommt mir plötzlich vor wie ein Heiligenschein.

»Echt.« Er mustert mich. »Du siehst auch aus wie ein Notfall mit deinen Blessuren.«

»Nö, kein Problem. Erst Pepper.«

Er grummelt etwas von einem Rettungswagen, der ohnehin noch käme, und fragt dann laut: »Wer ist euer Tierarzt? Das Pferd braucht sicher was zur Beruhigung.«

Herr Habicht meldet sich. »Tierarzt ist schon verständigt. Muss jeden Moment eintreffen.«

Kurz darauf biegt Dr. Müller-Maring um die Ecke und packt gleich seine Tasche aus.

»Dann haben wir ja die letzten Ausreißer gefunden. Mein erstes Pferd im Swimmingpool.«

Er betrachtet Pepper im Wasser und kratzt sich am Kopf.

»Pepper braucht ein bisschen was zur Beruhigung, wenn die Feuerwehr gleich loslegt, aber nicht so viel, dass ihm die Beine wegknicken. Das fehlte noch, dass er uns im Wasser umkippt. Solche Einsätze sind immer eine heikle Sache. Gut, dass Pepper dich und Herrn Habicht um sich hat. Ihr gebt ihm Vertrauen.«

Er ruft zu Joop Odental hinüber: »Ist der Boden in Ihrem Schwimmbecken einigermaßen rutschsicher?«

»Natürlich«, gibt Herr Odental zurück. »Das ist spezielles Antirutsch-Material.«

Dr. Müller-Maring nickt zufrieden und wendet sich an den Einsatzleiter. »Ungefähr in zehn Minuten können Sie anfangen, dann wirkt die Spritze. Legen Sie sicherheitshalber Schläuche parat, mit denen Sie das Pferd stabilisieren können, falls es doch zu schläfrig wird.«

»Hatten wir sowieso geplant.«

Hendriksen winkt seinen Männern zu und auf sein Zeichen werden zwei breite, flache Schläuche am Beckenrand bereitgelegt.

Wir bringen lange, dicke Taue rechts und links am Halfter an, die Vince und Habi zu beiden Seiten des Pools festhalten. Ich kauere mich an den Beckenrand und kraule Pepper unaufhörlich die Nase, während der Tierarzt rasch und geübt die Spritze setzt.

Als Pepper deutlich ruhiger wird, tragen drei Feuerwehrmänner graue Pumpen herbei, die mit Saugschläuchen versehen und auf den Beckengrund herabgelassen werden. Pepper verfolgt jeden Handgriff mit halber Aufmerksamkeit und ohne Anzeichen von Aufregung. Als die Pumpen gestartet werden, dröhnt Motorenlärm durch den Garten.

Joop Odental steht neben mir und hält sich die Ohren zu. »Wo ich so lärmempfindlich bin! Und das an einem Freitag. Leute, ich brauche Ruhe.« Er verzieht sich in seine Nobel-Behausung.

Ich brauche Ruhe! Dieser überflüssige Satz von Odental hätte auch von Papa stammen können. Verdammt, meine Familie. Ich wollte mich längst melden und greife schnell in meine Hosentasche.

Mir schießt das Blut in den Kopf, weil mir in dem Moment einfällt: Mein Handy war mit mir im Pool. Ich ziehe das tropfende Gerät hervor, aber es gibt keinen Mucks mehr von sich. Totalausfall.

»Hier, nimm meins.« Vince nimmt eine Hand von Peppers Strick und reicht sein Gerät herüber.

Ich fotografiere meinen nassen Pepper mit Habi im Hintergrund, dazu die Feuerwehrleute und schicke das Bild mit einer kurzen Mitteilung an Mama, Papa und Dani.

Wir haben ihn! Pepper ist in einen Pool am Akazienkamp gesprungen. Die Feuerwehr holt ihn raus. Kann noch dauern. Bin okay. Bitte Antwort auf diese Nummer, mein Handy ist ersoffen. Flo.

Postwendend kommt Mamas Antwort.

Habe vorhin schon im Stall angerufen und die Neuigkeit erfahren. Wunderbar ☺. Papa und Dani sind beim Fußball. Komm nicht zu spät nach Hause, Mama.

Sofort danach kommt noch eine SMS herein. Dani.

Mann, Flo, dachte schon, die ganzen Ferien wären wegen eurer Stall-Katastrophe versaut. Toll mit Pepper!!! Hier im Stadion tobt die Hölle. Dani und Papa.

15.

Joop Odental kommt aus seinem Prachtbau und bringt mir ein schneeweißes, gebügeltes T-Shirt, das er in pferdelosen Zeiten sicher unter seinem Officehemd trägt. Dazu reicht er mir galaktisch peinliche Golf-Bermudas mit Karos.

»Damit du aus deinen nassen Sachen herauskommst. Du holst dir noch eine Erkältung.«

So etwas Hässliches wie diese Golfhose habe ich noch nie getragen. Ich nehme sie mit spitzen Fingern entgegen und verschwinde hinter einer Mauer zum Umziehen. Die Bermudas sind mir viel zu lang und die schrecklichen Karos schlackern mir um die Waden. Aber immerhin passt die Hose, wenn ich den Gürtel festzurre.

Meine nassen Sachen breite ich zum Trocknen auf der warmen Mauer aus.

Odentals Hemd ist viel zu groß, aber überraschend weich und es fühlt sich freundlich auf meiner abgeschürften Haut an. Hoffentlich kriegt sein hochwertiges Managerteil keinen Blutfleck ab, mit dem er sich bei der nächsten Sitzung blamiert. Vielleicht lässt Odental aber auch die Flecke bewusst drin und macht auf lässig, wenn ihn jemand bei der nächsten Vorstandssitzung darauf anspricht.

»Das Blut? Stammt von letzter Woche, als wir ein Pferd aus meinem Pool retten mussten.« Und die Chefs flüstern beeindruckt: »Wie cool ist das denn?«

Während das Wasser durch dicke Schläuche nach draußen in den Straßengraben läuft und der Wasserstand allmählich sinkt, werden die Sandsäcke gebracht und am Becken gelagert. Ich muss ein Stück zurückgehen und nutze die Gelegenheit, mich beim kleinen Ben zu melden. Die

Telefonnummer aus Kugelschreibertinte auf meiner Hand sieht aus wie neu. Ich gebe die Nummer in Vince' Handy ein. Er macht einen langen Hals und versucht, die Nummer zu erspähen.

»Hier ist Ben.«

»Ich bin es, die mit dem Pferd.«

»Hast du es?«

»Stell dir vor, Pepper ist in einen Swimmingpool gefallen.«

Ein furchtbares Aufheulen ist die Antwort. »Ist er ertrunken?«

»Quatsch. Pferde können doch schwimmen.«

»Und ich durfte nicht mit. Echt fies.«

»Ich schicke dir ein Foto.«

»Ehrenwort?«

»Logisch, habe Pepper gerade fotografiert. Du kriegst das Bild gleich. Melde mich morgen noch mal. Bis dann, Kleiner.«

Ich sende das Foto an Ben und gebe Vince das Handy zurück. Mit umwölkter Stirn steckt er es ein und fragt: »Wer war das?«

»Ben.«

»Ben wer?«

Ich kann wieder lachen und gebe Vince einen Knuff. »Ein echter Konkurrent. Ach was. Komm runter. Ben ist sieben! Hat mir nach dem Sturz Pflaster besorgt.«

Pepper steht immer noch ganz ruhig, trotzdem halten Vince und Herr Habicht ihn weiter mit ihren Tauen fest. Sicher ist sicher. Ich hibbele im Garten hin und her, als hätte ich glühende Kohlen unter den Füßen. Dabei tut jeder Schritt im linken Bein weh. Am liebsten wäre ich die ganze Zeit bei Pepper, aber Herr Habicht pfeift mich zurück.

»Lass mal die Feuerwehr in Ruhe arbeiten. Umso schneller ist Pepper draußen.«

Joop Odental sitzt unter seinem Sonnenschirm, obwohl die Sonne jetzt um sieben Uhr abends nicht mehr auf die Terrasse fällt, und macht sich ganz klein unter dem Lärm der Motoren. Er sieht ziemlich geplättet aus. So wie Papa, wenn er freitagnachmittags nach Hause kommt und sich für den Rest des Wochenendes nur noch in den Liegestuhl werfen will.

Man muss sich das mal vorstellen: In dem Moment, wenn Papa sich gerade auf die Liege wirft, klingelt ein Nachbar und schreit: »Schnell, Sie müssen mir helfen. Mein Dackel steckt in einem Abwasserrohr fest und die Rettung dauert jetzt ungefähr zwei Stunden und wird sehr schmutzig.« So etwas in der Art, wovon man sofort weiß, dass es einem den ganzen Abend versemmelt. So ähnlich geht es jetzt sicher Herrn Odental.

Ab und zu fragt er eine vorbeieilende Uniform: »Dauert es noch lange?« Jedes Mal antwortet der Feuerwehrmann: »Es dauert so lange, wie es dauert, Mann. Ein Pool ist keine Kaffeetasse.«

Dann gießt Joop Odental sich einen neuen Drink ein.

Nach mehr als einer Stunde ist der Pool schließlich leer und die Pumpen werden weggetragen. Kaum ist die letzte aus dem Becken raus, klettere ich zu Pepper hinab. Das Beruhigungsmittel scheint nicht mehr zu wirken, denn er bewegt sich aus eigenem Antrieb wieder. Ich entferne die Stricke von seinem Halfter und führe Pepper vorsichtig ein paar Schritte. Er geht ziemlich steif und vorsichtig auf dem nassen Boden, bleibt dann lieber stehen und sieht mich an.

Warum kann ich nicht endlich nach Hause?

Gleich Pepper, die Feuerwehr muss nur noch eine Rampe bauen.

Pepper wirkt plötzlich sehr fertig. Nicht mal auf mein Backenrubbeln reagiert er.

Herr Habicht reicht mir einen Eimer Wasser nach unten, den Pepper sofort leer trinkt.

»Dr. Müller-Maring soll ihm eine Infusion legen«, sagt Habi. »So klapprig möchte ich Pepper nicht auf den Hänger stellen. Sonst fällt er mir beim Transport noch um.«

Ich nicke nur, weil mir gerade eine Badewanne voll Tränen die Kehle verschließt. Das Wort klapprig im Zusammenhang mit meinem starken Pepper hat Habi noch nie gebraucht. Unser Tierarzt begutachtet gerade die Fjordpferde, ob sie Zeichen einer Vergiftung zeigen. Man weiß ja nicht, ob sie die Hecken beknabbert haben.

Die Feuerwehrmänner bilden eine Schlange und reichen Sandsäcke zum Beckenrand weiter. Vince reiht sich ohne große Diskussionen in die Helferschar ein.

Aus fast hundert Sandsäcken baut die Feuerwehr ruck, zuck eine sensationelle Rampe vom Grund des Swimmingpools bis nach oben. Pepper nimmt die Arbeit ziemlich gefasst hin, wahrscheinlich schaltet er einfach ab und beschließt für sich, dass die Aktion kein Grund zum Fliehen ist.

Als der letzte Sandsack aufgeschichtet wird, erscheint Dr. Müller-Maring wieder am Beckenrand.

»Da bin ich aber froh, dass alles so glimpflich ausgegangen ist. Dein Pferd kriegen wir auch wieder hin, Flo. Eine Infusion wirkt Wunder.«

Einsatzleiter Hendriksen kommt zu mir ans Becken.

»Wir treten hier oben jetzt zurück und du führst dein Pferd die Rampe hinauf. Dich kennt er am besten.«

Unschlüssig sieht Pepper mich an, als ich ins Halfter fasse und ihm einen aufmunternden Klaps hinters Vorderbein gebe.

»Komm, Pepper, es geht nach Hause.«

Er scheint nicht wild auf die Rampe zu sein, folgt mir aber schließlich mit hölzernen Beinen. Seine Hufeisen klappern auf den Fliesen. Misstrauisch setzt er einen Vorderhuf auf die erste Reihe mit Sandsäcken, sie geben ein wenig nach und sind ihm nicht geheuer.

»Alles gut Pepper. Wo ich gehe, kannst du auch gehen.«

Vorsichtig folgt er mir.

»Gut, Pepper. Noch zwei Schritte. Jetzt nur noch einen Schritt.«

Und dann stehen wir am Beckenrand. Auf festem Boden. Wir haben es geschafft. Die Feuerwehrmänner lachen erleichtert und ich finde, ich muss ihnen ein fettes Kompliment machen.

»So etwas Tolles wie die Feuerwehr gibt es nur einmal.«

Der Einsatzleiter lacht zufrieden. »Danke sehr. Wir freuen uns natürlich auch, wenn wir Leben retten können. Alles Gute für euch.«

Die Schläuche werden eingerollt, die Sandsäcke gesammelt und durch den Garten zu den Einsatzwagen getragen. Von der Straße hört man Rufe und Kommandos.

Pepper steht nass und erschöpft neben mir. Er hat gerade noch genug Energie, um den Fjordpferden ein schwaches Wiehern zuzuschicken. Sofort kommt die kräftige Antwort. Oskar und Halvor sind offenbar voll fit.

»Die Fjordpferde benehmen sich völlig normal«, bestätigt Dr. Müller-Maring, während er einige Utensilien aus seiner Tasche hervorholt. »Glück gehabt, dass sie das Giftzeug hier im Garten gemieden haben.« Er wendet sich zur Terrasse. »Haben Sie mal eine Harke?«, ruft er Herrn Odental zu.

»Was bitte?«

»Eine Harke. Die brauchen wir für den Infusionsbeutel.«

Irritiert verschwindet Joop Odental in einem Nebengebäude, rumort darin herum und bringt uns eine Harke, aber mit so spitzen Fingern, dass niemand daran zweifelt, dass er auf keinen Fall etwas mit der ganzen Tierarztsache zu tun haben will.

Dr. Müller-Maring legt Pepper eine Infusion in die Halsvene. Ich stelle die Harke hochkant und der Tierarzt hängt den Beutel mit Nährstofflösung an die Zinken.

»Stärkt den Kreislauf«, sagt Müller-Maring. »Die letzten Stunden haben ihn ganz schön gestresst.«

Das stimmt. Als ich Pepper vor zwei Stunden im Pool fand, war er noch viel lebhafter als jetzt. Nun spricht er nicht einmal stumm mit mir, steht nur da, pitschnass, mit gesenktem Kopf, weil der ihm zu schwer zum Tragen ist. Pepper fiepst ganz leise, wie ein Hundewelpe, mehr schafft er nicht. Aber diesen kleinen, leisen Ton kenne ich. Den gibt Pepper auch von sich, wenn er dösend in der Box steht, und er meint damit: »Warte einen Moment, bin gerade so müde, aber gleich bin ich wieder der Alte.«

Ich warte zehntausend Jahre auf dich, Pepper.

Spurlos sind die letzten Stunden auch an mir nicht vorübergegangen. Die ganze Zeit ist mir schwindelig und es wird immer schlimmer. Ich fühle mich kraftlos wie ein angeknickter Strohhalm.

Vince steht neben mir und mustert mich. »Alles in Ordnung?«, fragt er besorgt. »Du siehst plötzlich so blass aus.«

»Quatsch«, sage ich und im nächsten Moment höre ich Müller-Maring rufen: »Achtung Junge, sie fällt um«, und dann falle ich auch schon und merke gerade noch, wie jemand mir die Harke aus der Hand nimmt.

Dann weiß ich einige Zeit nichts mehr, und als ich wieder aufwache, liege ich auf einer Pritsche im Rettungswagen und habe genauso eine astreine Infusionsnadel im Körper wie Pepper. Nur nicht in der Halsvene, sondern im Arm. Ein Stück von mir entfernt sehe ich Pepper mit Dr. Müller-Maring und Herrn Habicht, der die Harke mit dem Infusionsbeutel hochhält.

»Da ist sie ja wieder«, sagt jemand in Knallorange zu mir und tätschelt mir die Wangen.

»Was war denn?«, frage ich verwirrt.

»Du bist umgekippt. Dein Blutdruck war total im Keller«, sagt der Orangerote. »Du hast bestimmt zu wenig gegessen und getrunken.«

»Darauf können Sie aber Ihren Rettungswagen verwetten«, sage ich.

»Hoho. Die junge Dame wird schon wieder kess«, grinst der Uniformierte über mir, packt meinen Oberarm in eine Manschette und fummelt mit dem Stethoskop an meinem Arm herum. »Der Blutdruck klettert ja schon höher. Sieht gut aus. Irgendwelche Vorerkrankungen?«

»Ich? Quatsch.«

Er entfernt die schwarze Manschette. »Wo wir gerade dabei sind, können wir auch deine Wunden verarzten. Bist du gestürzt?«

»Und ob. Mit dem Fahrrad.«

»Hast du Tetanusschutz?«

»Logisch, Mann. Reiter!«

Verlegen lächelnd reicht mir Joop Odental eine geöffnete Flasche Wasser und ein zusammengeklapptes Käsebrötchen in den Wagen.

»Sie sind ja wie eine Mutter zu mir«, sage ich und beiße herzhaft in das Brötchen. Ich glaube, das mit der Mutter findet er peinlich, jedenfalls verzieht er sich sofort wieder.

Der Sanitäter holt einen Stapel Wundauflagen und Binden hervor und verklebt mich nach allen Regeln der Kunst. Ich schließe die Augen und denke an etwas völlig anderes. Nämlich daran, dass Pepper wieder da ist. Und dass Vince mich vorhin aufgefangen hat. Wie lange hat er mich wohl in seinen Armen gehalten? Garantiert hat wieder niemand daran gedacht, diesen großen Moment mit der Kamera festzuhalten. Wenn man sich nicht um alles selber kümmert.

»So, jetzt bist du wieder fast wie neu.« Der Orangerote packt seine Sachen zusammen.

Ich sehe an mir herab. Ehrlich gesagt, mit den Verbänden sehe ich toll aus. Richtig nach Nahkampf. Irgendwie befriedigt mich das. Dieser Tag war so schrecklich, da tut es gut, wenn mir jeder sofort ansieht, dass ich durch die Hölle gegangen bin.

Von draußen winkt Vince mir zu und hebt fragend sein Fotohandy. Ich nicke. Dieser Anblick muss für die Nachwelt dokumentiert werden.

Vince drückt ab und kommt dann zögernd näher, als hätte er Respekt vor dem Rettungswagen. »Geht's besser?«, fragt er und streichelt mit einem Finger meinen Arm.

»Und ob«, beruhige ich ihn und richte mich halb auf. »Zeig das Foto.«

Gemeinsam beugen wir uns über das Display. 19.55 zeigt die Uhr. Vorne auf dem Bild steht der nasse Pepper mit Dr. Müller-Maring und Herrn Habicht mit Harke, im Hintergrund liege ich im roten Rettungswagen.

»Genial«, stelle ich fest.
»Soll ich es online stellen?«
»Auf jeden Fall.«

16.

Eine Stunde später wirkt der Habichthof wieder so normal wie an jedem Abend. Sämtliche Pferde – bis auf Grazius – stehen in ihren Boxen und schlagen sich den Bauch mit gutem Heu voll. In einer Tour grummelt und schnaubt es aus jeder Stallecke.

Pepper schlabbert sein heiß geliebtes Mash, das Tapir ihm angerührt hat. Die Pferde sehen aus, als seien sie heilfroh, wieder zu Hause zu sein. Ich bin heilfroh, dass ich aus Joop Odentals peinlichem Golfkaro heraus bin und wieder in meinen eigenen Klamotten stecke.

Wir tragen kleine Strohballen als Sitze nach draußen und verteilen sie im Kreis auf den Pflastersteinen. Der Tag muss dringend besprochen werden. Schon jetzt reden wir alle durcheinander.

»Mir geht es richtig super«, betone ich alle zwei Minuten, damit Herr Habicht mich nicht nach Hause schickt. Er meint, ich sollte zum Arzt gehen, aber ich sehe dafür absolut keinen Anlass.

Tapirs Handy rasselt und er hebt die Hand, um unsere Lautstärke zu dimmen.

»Nachricht von Grazius«, sagt Tapir in die Runde, als er fertig ist. »Sehnenverletzung, wie wir schon befürchtet hatten. Grazius muss in der Klinik bleiben. Danach soll er auf eine Reha-Anlage, wo er langsam antrainiert wird.«

Tapir steckt das Handy zurück in die Goldwäscherhose. »Tja, mit dem Springen ist es für Grazius vorbei. Hoffentlich begreift Dörte das. Ich schätze, sie wird Grazius' Box auf dem Habichthof kündigen.«

Mit einer Kopfbewegung fordert Tapir unsere Jungs auf, ihm zur Weide zu folgen.

»Jedenfalls hat Grazius jetzt erst mal Ruhe«, flüstert Emi mir zu. »Aber dafür hätte er ja nicht unbedingt in eine Autoscheibe springen müssen.«

Uns bleibt kaum Zeit, Grazius ausgiebig zu bedauern, denn der kleine Johnny ist mit uns zurückgekommen und total aufgedreht, weil er das Ausbruch-Abenteuer verpasst hat. Jede Einzelheit will er von uns wissen, und statt ins Bett zu gehen, tobt er auf dem Hof herum.

Keiner von uns will nach Hause, obwohl Janne, Leonie, Maxie, Katta, Gloria, Melly und einige andere morgen in aller Herrgottsfrühe mit ihren Eltern in die Ferien fahren. Überall klingeln und summen die Handys. Das sind besorgte Mütter, die Angst haben, dass sie ohne ihre Töchter verreisen müssen.

Herr Habicht stellt eine Kiste Apfelsaft in die Mitte und wir greifen zu.

Von der Koppel dröhnen schwere Hammerschläge zu uns hoch. Tapir setzt zusammen mit Vince und Ferdi einen Ersatzzaun ein Stück weiter innen, damit die Pferde morgen wieder nach draußen können.

»Bis Montag darf ich den Weidezaun nicht richtig schließen«, sagt Herr Habicht. »Die Polizei will noch weitere Spuren sichern.«

Vince' Handy steckt in meiner Tasche, für alle Fälle, falls meine Eltern sich melden. Es vibriert auf meiner lädierten Hüfte. Hoffentlich keine Nachricht für Vince. Nein. SMS von meinem Bruder.

Hi Flo, ihr seid berühmt!!! Im Stadion haben sie auf der Anzeigetafel eure Pferde auf dem Bahndamm gezeigt. Und von der Zugverspätung des Fan-Zugs berichtet. Rundgruß Dani.

Sicher steht das morgen haarklein in der Zeitung. Ich sage jetzt kein Wort davon. Unsere Pferde im Fußballstadion – das soll morgen die große Überraschung für alle sein.

Tiefrot steht die Sonne über der Weide und das Licht versickert in den Kronen den Sträucher. Lautes Gezwitscher erfüllt die Büsche am Paddock. Schwalben zischen über mich hinweg in die Stallgasse, wo sie im Gebälk ihre Jungen füttern. Hell und aufgeregt zwischert es drinnen und draußen.

Wahrscheinlich haben die Vögel den ganzen Tag über so laut geflötet, getschilpt und gegurrt, aber meine Ohren waren dicht, weil alle Sinne auf Pepper konzentriert waren. Jetzt höre ich die Vögel wieder.

Was für ein friedlicher Sommerabend. Nichts deutet darauf hin, dass hier heute eine Katastrophe stattgefunden hat.

Nur Habis sorgenvolle Miene lässt keinen Zweifel daran. Mit beiden Händen stützt er seinen Kopf. »Nie im Leben haben unsere Pferde den Zaun selber zerstört«, sagt er niedergeschlagen. »Das ist praktisch unmöglich. Die Stangen sind stabil und neu und von innen angenagelt. Und dann diese Dellen im Holz, rund um die Nägel. Alles deutet darauf hin, dass jemand beim Lockern nachgeholfen hat. Meint Tapir auch. Selbst die Polizei hat so etwas durchblicken lassen.«

Gloria verzieht das Gesicht. »Sie glauben, jemand hat die Pferde bewusst freigelassen?«

»Das kann ich mir nicht vorstellen«, sagt Melly sofort.

Ich auch nicht: »Wer ist denn so hundsgemein und strunzdumm? Doch wohl kein Reiter.«

Ich grübele darüber nach, ob ich einen Fiesling kenne, der infrage kommt. Nein. In Haverstedt gibt es nicht einmal einen Konkurrenz-Stall. Niemanden, der Herrn Habicht und seiner Reitschule schaden wollte. Ein unglaublich schlechter Scherz von durchgeknallten Jugendlichen? Immerhin, auf unserer Schule laufen einige Jungs herum, die schon öfter erwähnt haben, dass sie die blöden Zossen hassen, weil die Mädchen nichts anders im Kopf haben. Trotzdem: Solche dämlichen Sprüche abzusondern und Pferde ins Unglück laufen zu lassen – das sind zwei Paar Schuhe.

Zum zehnten Mal rast Johnny mit ausgebreiteten Armen an uns vorüber. Habi fängt ihn ab und schwenkt ihn wie ein Flugzeug im Kreis, bis Johnny sich atemlos aufs Stroh plumpsen lässt.

»Hast du wirklich nichts gesehen oder gehört?«, fragt Habi seinen Sohn noch einmal. »Du musst dich genau erinnern, Johnnyboy. Du hast doch heute Vormittag draußen gespielt, bevor wir losgefahren sind.«

»Hab nichts gesehen, Papa, nur Fotos gemacht.«

Wie elektrisiert richtet die ganze Gruppe sich auf.

»Fotos?«, fragt Lennart Habicht und umfasst Johnnys Schultern. »Von den Pferden?«

Johnny entzieht sich seinem Griff.

»Nö. Vom Sandweg.«

»Nur Sand kann man nicht fotografieren, Johnny.«

»Doch. Ging bloß nicht richtig, weil hinten Tapir drauf war. Das sah doof aus. Ich wollte alles gelb. Nur gelb. Und nicht so einen schwarzen Fleck hinten.«

Habi wird immer hellhöriger. Wie wir. Mit angehaltenem Atem lauschen wir dem Gespräch.

»Tapir ist also auf dem Foto mit drauf? Wo war er denn genau?«

Allmählich verliert Johnny die Geduld. »Na, hinten. Bei

den Zäunen. Er hat doch jeden Tag neue Holzstangen an die Pfosten genagelt.«

»Erstens«, sagt Herr Habicht langsam und sieht plötzlich hellhörig aus. »Erstens war Tapir heute Morgen gar nicht auf dem Hof, sondern im Gericht. Zweitens ist er seit Wochen mit den Zaunarbeiten fertig. Und drittens trägt er doch nie Schwarz, sondern immer diese sandfarbenen Goldwäscher-Hosen.«

Wir wechseln Blicke. Ich glaube, jedem von uns dämmert, dass sich gerade irgendetwas tut. Etwas, das die ganze Ausbruchs-Katastrophe für den Habichthof in ein günstigeres Licht drehen könnte.

»Hol deine Kamera, Johnny«, sagt Habi.

Johnny verdreht die Augen und zerrt den hellblauen Fotoapparat aus seiner engen Hosentasche. »Immer am Mann, Papa«, sagt er altklug. Den Schnack kennt er von seinem Vater. Wir auch.

Gespannt beugen wir uns vor. »Akku leer«, blinkt auf dem Display.

»Gibst du mal her, Johnny?« Gloria streckt die Hand aus und begutachtet den Apparat. Wenn jemand Ahnung von solchen Teilen hat, dann Gloria. Sie zieht den Speicherchip heraus und wedelt damit vor Habis Nase.

»Haben Sie ein Lesegerät? Dann können wir uns die Bilder auf Ihrem Rechner ansehen.«

»Was habe ich?«, fragt Habi.

Gloria seufzt. »Was dagegen, wenn ich schnell nach Hause fahre und das Teil bei mir angucke? Mal sehen, ob ich ein paar Stellen herausvergrößern kann. Ich bringe dann gleich Abzüge mit.«

Habi nickt sofort. »Klasse. Ich muss unbedingt wissen, wen Johnny am Zaun gesehen hat. Tapir war es jedenfalls nicht.«

Gloria schnappt sich Johnnys Chip und rennt über die Einfahrt zu ihrem Fahrrad.

»Lass dich nicht von deinen Eltern festhalten«, brülle ich ihr nach. »Sie haben schon ein paar Mal im Stall angerufen, wo du bleibst.«

Im Laufen winkt Gloria ab und dann sitzt sie auch schon auf ihrem Rad und düst um die Ecke. Jeder weiß, dass sie den neuesten Apple besitzt mit dem neuesten Fotoprogramm, so neu, dass es praktisch noch gar nicht auf dem Markt ist. Wenn jemand aus Johnnys Speicherchip etwas herauskitzeln kann, dann Gloria.

Als sie verschwunden ist, sagt Emi plötzlich. »Sollen wir an die Online-Tageszeitung schreiben und uns bei allen Helfern bedanken? Die haben eine Rubrik für Lesermeldungen und Kommentare.«

Melly öffnet den Mund, doch bevor sie eine Bemerkung absondern kann, nehmen ihr Janne und Katta den Wind aus den Segeln: »Super Idee, Emi.«

Melly wird zum Schreiben eingespannt, weil sie inzwischen das Smartphone ihrer Mutter hat. Frau Lanz hat es ihr eigenhändig gebracht, als Mellys Handy leer genudelt war. Wir waren alle heilfroh, dass Frau Lanz abends zu einem Lehrgang musste und uns nicht mit ihren hysterischen Ausfällen wahnsinnig machen konnte.

»Jeder darf ein paar Sätze«, schlägt Janne vor. »Soll ich anfangen?« Wir nicken.

»Eilmeldung vom Habichthof: Alle ausgebrochenen Pferde sind wieder da!!! Die meisten haben das Abenteuer unverletzt überstanden. Wir danken allen, die uns bei der Suche nach den Pferden geholfen haben.«

Ich überlege kurz, wer genannt werden muss, und fahre fort.

»Besonders danken wir der Polizei und Feuerwehr von Haverstedt für die Sperrung der Straßen und für die Rettung unserer Pferde vom Schulhof.«

Kriss wirft ein: »Und Senta Fischer für den Schlüssel.«

»Nicht so viel auf einmal«, stöhnt Melly. »Auf der Tastatur geht das nicht so schnell.«

Ungeduldig warte ich eine halbe Minute auf Melly und diktiere dann langsam weiter.

»Wir danken der Hamburger Feuerwehr für die Rettung eines Pferdes aus einem Swimmingpool, dem Eigentümer des Pools, Joop Odental, für seine Geduld, und Ben für seine Hilfe nach dem Fahrradsturz. Und …«

Herr Habicht wendet ein. »Herr Odental will seinen Namen vielleicht nicht im Internet lesen.«

Ein einstimmiges Seufzen ist die Antwort. Habi mit seinen ewigen Bedenken gegen das Internet und mit seinem Persönlichkeitsrechte-Wahn. In der Beziehung könnte er ein Zwilling von Papa sein.

Tessy hat die Visitenkarte von Joop Odental eingesteckt, gibt die Telefonnummer in ihr Handy ein und reicht es mir herüber. Er ist sofort dran.

»Herr Odental? Hier ist Flora Rohde. Die mit dem Pferd im Pool.«

»Alles in Ordnung?«

»Ja, es geht ihm gut. Pepper steht jetzt in seiner Box und knabbert Heu. Die Fjordpferde auch. Wir wollen eine Dankesmeldung online stellen. Dürfen wir Ihren Namen nennen?«

»Meinen? Ich habe doch bei der ganzen Sache gar nichts getan.«

»Und ob. Sie mussten zwei Stunden den Feuerwehr-Einsatz ertragen. Und Ihr Garten ist zertrampelt.«

»Na ja. Höhere Gewalt. Anständig, dass ihr euch bedankt. Schreibt nur Joop O., das ist mir lieber.«

»Machen wir. Übrigens kann es sein, dass jemand unseren Weidezaun bewusst zerstört hat. Wir werten gerade Fotos aus.«

Herr Odental atmet hörbar ein. »Das wäre ja… das ist ja eine Straftat. Wer macht denn so etwas?«

»Es gibt mehr Bekloppte, als man denkt.«

»Da sagst du ein wahres Wort. Na, wir hören ja auf jeden Fall später noch voneinander. Erholt euch alle gut. Tschüss zusammen.«

Ich wende mich an Melly: »Schreib nur Joop O.«

Katta diktiert weiter:

»… wir bedanken uns bei allen Fußball-Fans, weil sie nicht die Nerven verloren haben, als sie wegen unserer Pferde auf der Bahnstrecke Lübeck-Hamburg festsaßen. Natürlich geht ein Riesendank an den Superlokführer, der rechtzeitig gebremst hat. Und an den Autofahrer, weil er cool geblieben ist, als ihm unser Schimmel in die Windschutzscheibe gesprungen ist…«

Jetzt kommt Leonie dran:

»Der Eisbar Italia sagen wir heißen Dank für Schokoladeneis und Wasserkübel. Dem Bioladen für die gefressenen Äpfel und Möhren.«

Aufmunternd nickt Leonie Emi zu, die nach kurzer Pause fortfährt: »Frau Kern für den Marmorkuchen. Herrn Küfer für die Halfter.«

Jetzt mischt sich Herr Habicht ein: »Überhaupt danken wir allen Leuten, die unterwegs vernünftig reagiert haben, wenn sie auf unsere Pferde trafen. Danke, danke, danke!«

Dazu lädt Melly das Foto von Pepper im Schwimmbecken hoch und ein Bild von unseren Pferden auf dem Pausenhof des Gymnasiums. Als der Text schließlich gesendet wird, ist es fast neun Uhr abends.

Von der Weide stiefeln Tapir, Vince und Ferdi auf den Hof und setzen sich in unsere Runde. Vince rückt auf den Strohballen direkt neben mich. Heimlich drückt er sein Bein an meins. Gänsehaut!

Dann holt Vince seine hinterm Rücken versteckte Hand hervor und ruft: »Alle mal hersehen!«

Mit spitzen Fingern hält er einen hellblauen Griff aus Neopren hoch. Sieht aus wie von einem Fahrradlenker, nur ein Stück länger.

»Das Ding lag eingetreten im Sandweg. Aber wohl nicht lange, weil es noch ziemlich sauber aussieht. Stammt vielleicht vom Täter?«

Ich nehme Vince das blaue Neopren-Teil aus der Hand und drehe es hin und her. »Meinst du, da ist jemand mit dem Fahrrad zur Weide gefahren und hat unsere Pferde rausgelassen?«

Melly nutzt die Gelegenheit, näher an Vince heranzurücken. »Auf dem tiefen Sandweg kann doch kein Mensch mit dem Rad fahren«, gibt sie zu bedenken.

Von hinten langt Emi über unsere Schultern und greift nach dem Fundstück. Sie kaut auf der Unterlippe und scheint zu überlegen, ob sie ihren Verdacht laut äußern soll. Sie sieht ziemlich verstört aus. Schließlich gibt sie sich einen Ruck: »Wisst ihr, wo ich solche blauen Neopren-Griffe kürzlich gesehen habe?«

Melly verdreht die Augen. »Na, sag schon.«

Emi holt tief Luft. »Am Kamera-Stativ beim Supernova-Filmteam.«

Sofort fliegen alle Köpfe zu Emi herum und meine arme Freundin läuft feuerrot an.

»Ich will kein Wort über Emis Werbefilm hören«, sagt Herr Habicht sofort. »Sonst knallt es hier. Emi hat mit der Sache absolut nichts zu tun.«

Er setzt Johnny von seinen Knien auf den Boden.

»Johnny, lauf los und hol mir eine saubere Gefriertüte für den Griff. Den kriegt die Polizei.«

Das Wort Polizei macht Johnny Beine. Im Nu ist er mit einem leeren Kunststoffbeutel zurück und platzt fast vor Stolz, als Vince den blauen Griff vorsichtig hineingleiten lässt.

»Den übergeben wir heute Abend noch der Polizei«, sagt er feierlich und zieht den Verschluss zu.

Ein schwerer dunkler Wagen rollt über die Einfahrt und stoppt kurz vor unserem Strohlager.

»Glorias Vater«, sagt Melly sofort. »Der will Gloria sicher gleich wieder einsacken, weil die Tanners sonst allein nach Südafrika müssen.«

Die Beifahrertür fliegt auf und Gloria stürmt mit ein paar großen Fotoabzügen in der Hand auf uns zu. Herr Tanner macht sich in seinem Kofferraum zu schaffen.

»Ich fresse meinen Apple, wenn das nicht Leute von der Film-Gesellschaft sind«, ruft Gloria von Weitem. »Man erkennt sogar Logos.«

Schon wieder das Kamera-Team!

Pustend hält Gloria vor uns an. Wir springen auf und krachen mit den Köpfen zusammen, als wir uns um ihre Fotos drängen.

Auch wenn die Vergrößerung ziemlich unscharf und körnig ist, sieht man doch gut, wie sich hinten im Bild zwei dunkel gekleidete Menschen am Zaun zu schaffen machen.

»Das sind sie, das sind sie«, stößt Emi hervor. »Guckt mal, die hellen Kreise auf den schwarzen Kapuzenshirts, das sind die Logos. Die habe ich zwei Tage von morgens bis abends gesehen, die erkenne ich im Schlaf.« Emily dreht die Fotos, um besser sehen zu können. »Und diese schwarzen Basecaps. Alles Klamotten von Supernova.«

Ein Mann trägt etwas Langes in der Hand.

»Garantiert ein Kuhfuß.« Habi nickt grimmig. »Ein schweres Werkzeug, mit dem man Nägel herauszieht. Das erklärt auch die Dellen im Holz. Mit brachialer Gewalt hat jemand die Nägel aus den Stangen gerissen.«

Er starrt über seine Weiden. »Die Polizei hat gleich vermutet, dass Absicht hinter dem Weideausbruch steckt. Wenn das stimmt…«

Tapir reckt die Faust hoch. »Endlich lohnt sich mein Jura-Studium. Wenn wir dem Filmteam diese Sabotage nachweisen können, dann sehen die alt aus. Die Supernova muss alles zahlen, Tierarztkosten, die geschrotteten Autos, Ausfall von Reitunterricht, einfach alles. Auf den Filmaufnahmen müssten Datum und Uhrzeit stehen, damit könnten wir sie ziemlich leicht überführen.«

Herr Habicht sieht aus, als könne er es immer noch nicht fassen.

»Regisseur Sautenberg wollte unbedingt an dieser Stelle drehen. Der dachte wohl, dass wir auf dem Hof nichts merken, wenn seine Leute klammheimlich unten am Zaun hantieren. Zaun öffnen, Pferde im Gegenlicht filmen und die Stangen wieder annageln.« Beim Gedanken daran schüttelt Habi den Kopf. »Ich nehme zu ihren Gunsten an, die haben nicht damit gerechnet, dass die Pferde sofort neugierig nach draußen drängen.«

»Mag sein«, sagt Tapir. »Ist aber keine Entschuldigung. Sie hätten uns sofort benachrichtigen müssen, als die Pferde ausbüxten. Unterlassene Hilfeleistung. Schließlich haben die Filmleute Unfälle, Verletzte und Tote in Kauf genommen, um ihr Vergehen zu vertuschen. Die Abzüge bringe ich gleich zusammen mit dem Stativ-Griff zur Polizei. Den Speicherchip natürlich auch. Schätze, die Experten können die Gesichter noch deutlicher herausholen.«

Habis Regenwolkengesicht lockert auf. *»Stellenweise Aufheiterungen«,* würde der Wetterbericht melden.

Die Sonne zieht auch bei mir wieder ein. Bei allen anderen genauso, wenn ich mich in der Runde umsehe. Die ganze Clique sieht definitiv entspannter aus als noch vor drei Stunden.

Glorias Vater balanciert bepackt bis zur Nase flache Kartons über den Hof.

»Pizza für die Helfer«, sagt er durch die Pappe. Das Ganze ist ihm deutlich unangenehm. Zählt wohl nicht zu seinen Lebenswünschen, den Boten für Laredos Pizzaservice zu machen.

Tapir nimmt die Schachteln entgegen. »Das ist mal eine gute Idee.«

Es überrascht mich, dass Glorias Vater sich so spendabel zeigt. Ich glaube, er ist heute das allererste Mal im Stall.

Wir reißen die Deckel ab und greifen zu. Jetzt erst merke ich, was für einen Mordshunger ich habe. Im Nu stapeln sich leer gegessene Kartons auf dem Hof. Vince lässt mich von seiner Salami-Pizza abbeißen. Vorher legt er den Arm als Sichtschutz um die Schachtel und drückt verstohlen einen Kuss auf die Tomaten.

Ich lächele ihn an und schlage vor: »Lass uns zu Pepper gehen. Er muss mit uns feiern.«

Wir schlendern vom Hof über die Stallgasse bis zur letzten Box. Chico, Vicky, Mounty und ein paar andere Pferde liegen dösend in den Boxen. Flemming grunzt im Traum.

Ob er vom Ausbruch träumt? Seine Hufe zucken im Galopp.

Auf den Brettern über den Boxen zwitschern unsere Schwalben. Schwalben bringen Glück, sagt Herr Habicht immer. Diesen Sommer hat er vierundfünfzig gezählt, mit Jungen. Für jedes Pferd drei Mal Glück.

Pepper hängt seinen Kopf über die Tür und sieht mir entgegen. Obwohl er noch erschöpft wirkt, blitzt in einer Ecke seiner Augen bereits Unternehmungslust auf.

»Darf er Pizza?«, fragt Vince und guckt Pepper an. »Magst du Salami-Pizza, Pepper?«

»Pferde sind V-e-g-e-t-a-r-i-e-r«, buchstabiere ich mit halb vollem Mund. »Müsstest du inzwischen wissen.«

»Nicht mal den harten Rand?«

Vince bricht ein kleines Stück von der Kruste ab und legt es auf die Handfläche. »Ist doch nur Mehl und Wasser drin.«

Vorsichtig senkt Pepper den Kopf über das ungewohnte Futter und nimmt es sanft auf. Vince löst ein neues Stück vom Knusperrand der Pizza und hält es mir mit breitem Grinsen genauso hin.

Ich muss lachen und angele ihm das Leckerli mit den Lippen von der Hand. Vince beugt sich über mich und drückt mir einen langen Kuss aufs Haar. Wahnsinn hoch zehn. Mir läuft es warm den Rücken herunter. Glücklich drehe ich mich um und blinzele zu Vince hoch. Wenn ich in seine grüne Augen mit den tanzenden braunen Sprinkeln schaue, spüre ich meine Schürfwunden kaum noch.

Wie viel Glück hat in einem einzigen Menschen Platz? Meins reicht im Moment für mindestens zehn Millionen Menschen.

Pepper ist zurück.

Vince flirtet mit mir.

Wir haben Sommerferien.

Das Leben ist schön.

Und zum Arzt gehe ich auch nicht.

Einen Doktor brauche ich nicht, solange ich Pepper und Vince habe. Der Schmerz ist so weit weg wie Neuseeland. Mein Holsteiner und Vince wirken wie Medizin. Wie Wundermedizin. Sie heilen besser als jeder Hausarzt.

Ich werde Herrn Habicht bitten, sein Schild »Reitstall Habichthof« erneuern zu lassen. Er soll ein paar zusätzliche Wörter eingravieren lassen.

Gemeinschafts-Praxis Dr. Vince und Dr. Pepper.

Quick-Check Weideausbruch und Verletzungen

1. Warum brechen Pferde aus?

- **Schlechte Zäune**
  Morsche Pfähle und altersschwache Stangen werden einfach zur Seite gedrückt. Dünne Elektrodrähte und wackelige Plastikstäbe gebieten keinen Respekt. Niedrige Zäune sind kein Hindernis für große Pferde.
- **Sturmschaden**
  Dicke Äste brechen ab, drücken den Zaun zu Boden.

- **Hunger**
  Sind die Weiden im Herbst abgegrast, treibt die Suche nach Futter Pferde von der Koppel.
- **Einsamkeit**
  Ein Pferd bleibt allein auf der Weide zurück, während sein Kumpel zum Reiten abgeholt wird. Brenzlig. Das verlassene Pferd regt sich auf, folgt dem Artgenossen notfalls durch einen Sprung über den Zaun.
- **Herdentrieb**
  Am Zaun entlanggaloppierende Pferde mit Reitern lösen Ausbruchsgelüste aus.
- **Hunde-Panik**
  Ein Hund jagt über die Weide, verursacht helle Aufregung.
- **Liebe**
  Hengste reagieren impulsiv, wenn sie rossige Stuten wittern.
- **Insekten-Angriffe**
  Pferde flüchten, wenn sie sich vor den stechenden Plagegeistern nicht anders wehren können.
- **Gefahr von oben**
  Heißluftballons oder Gleitschirme bedeuten für Fluchttiere: höchste Gefahr, denn in der Wildnis springen Raubkatzen Pferden von oben ins Genick.
- **Leichtsinn**
  Wer kurz weggeht, lehnt manchmal das Gattertor zur Weide nur an, statt es richtig zu verriegeln. Für neugierige Vierbeiner gilt das als Einladung zum Ausbruch.

- Bösartigkeit
  Aus purer Gemeinheit öffnen Fremde die Zäune ganz bewusst, um ein Chaos zu verursachen.

2. Pikante Sonderfälle

Shettys sind Ausbruchsgenies, zwängen sich durch jede Lücke. Sie kriechen sogar unter Zäunen hindurch. Bei kleinen Ponys dürfen die untersten Zaunstangen oder Elektrobänder höchstens dreißig Zentimeter hoch über dem Boden sein.

Entfesselungskünstler lösen Knoten, die Gattertore sichern sollen. Mit Zähnen und Hufen zerren und zupfen sie so lange am Strick, bis der Knoten offen ist. Und dann nichts wie weg…

3. Welche Einzäunung ist riskant?

- Stacheldraht. Die Metallspitzen und Haken reißen böse Fleischwunden. Stacheldraht gilt in vielen Ländern als tierschutzwidrig und ist ohne zusätzlichen Zaun nicht erlaubt. Trotzdem findet man ihn immer noch.

- Dünne Elektrolitze als alleiniger Außenzaun. Pferde erkennen solche feinen Drähte kaum, und wenn, nehmen sie derartige Zäune nicht ernst.
- Gerissene Elektrozäune, die durch Knoten geflickt sind. In solchen Bändern oder Kordeln fließt kein Strom.
- Leichte Kunststoff-Steckpfähle als Außenzaun tritt jedes Pony um. Dünne Steckpfähle sind zum Abteilen von Portionsweiden innerhalb der eingezäunten Weide gedacht.
- Glatter Draht und Knotengitter (sogenannter Schafszaun) sind für Pferde ebenfalls gefährlich. Beim Wäl-

zen am Zaun verheddern Pferde sich mit den Beinen im Draht.

- Wenn man Stangen *von außen* an Pfähle nagelt, ist das brandgefährlich. Rennen Pferde in Panik gegen den Zaun, werden die Nägel mitsamt Stangen aus dem Holz gedrückt. Querstangen müssen *innen* angebracht werden.

4. Welche Zäune sind sicher?

Pferdefreundliche Zäune sind für die Tiere von Weitem sichtbar und flößen ihnen Respekt ein. Auch dann noch, wenn die Herde in Aufregung gerät. Feste Zäune baut man aus robusten Pfosten, an die dicke Holzplanken, feste Kunststoffstangen, breites Fördergummiband oder stabile Zaunbänder aus Kunststoff angebracht werden. Je größer die Pferde, desto höher muss der Zaun sein. Faustregel für die Zaunhöhe: Widerristhöhe des größten Pferdes mal 0,75 m. Mindestens. Für Warmblüter wie Holsteiner, Hannoveraner, Westfalen, Trakehner, Knabstrupper, Lipizzaner, Friesen usw. rechnet man etwa 1,40 bis 1,60 m Zaunhöhe. Bei Springtalenten, Hengsten und an Autobahnen mehr.

5. Mit oder ohne Halfter auf die Koppel?

Die meisten Pferdekenner sagen: »Bloß kein Halfter auf der Weide!« Pferde können daran hängen bleiben und sich die Riemen durchs Auge ziehen. Oder sie hängen sich mit lockeren Halftern an Toren und Ästen auf. Oder sie geraten beim Kratzen am Kopf mit den Hinterhufen ins Halfter und verletzen sich beim Befreiungsversuch. Dagegen wenden Feuerwehrmänner ein: »Wir können ausgebrochene Pferde leichter retten, wenn sie Halfter tragen.«

Ein ewiges Streitthema. Wenn schon Halfter, dann sollte es ein eng anliegendes Sicherheits-Weidehalfter sein, das sich im Notfall öffnet. Diese Spezialhalfter gibt es z. B. aus elastischem Material oder mit Klettverschlüssen.

6. Hilfe, unsere Pferde sind weg!

Was tun, wenn's passiert ist?

Falls ihr eure Pferde nach dem Ausbruch noch erspäht, wenn sie zum Beispiel ruhig in der Nähe grasen, könnt ihr versuchen, die Ausreißer einzufangen. Misslingt das, ruft ihr die Polizei an – 110. Gibt es in der Nähe Straßen mit viel Verkehr, Autobahnen oder Bahnstrecken, müsst ihr die Polizei *sofort* alarmieren.

Angenommen, ihr habt keine Ahnung, wohin die Pferde verschwunden sind. Dann gilt: Zuerst die Polizei anrufen, danach auf eigene Faust suchen. Ohne Zeit zu verlieren. Mehrere Gruppen schwärmen in verschiedene Richtungen aus, ausgestattet mit Halftern, Stricken, Zaumzeug, Leckerlis, Handys. Verständigt Nachbarn, Weidebesitzer und Bauernhöfe in der Nähe. Einer von euch bleibt als Stallwache auf dem Hof, um Anrufe anzunehmen und heimgekehrte Pferde unterzubringen.

7. Wohin flüchten Pferde?

Ausgebrochene Pferde verschaffen sich, sobald es geht, einen Überblick über ihre Lage. Dazu laufen sie auf den höchsten Punkt im Gelände, auf einen kleinen Hügel, eine Mülldeponie, leider auch auf Kuppen im Straßenverkehr. Gibt es keine Erhöhungen in der Landschaft, suchen sie sich im Flachland Stellen, wo sie weit über Land sehen können. Das sind häufig Straßen oder Bahnstrecken. Wälder dagegen meiden Pferde, weil sie zwischen eng wachsenden Bäumen keine Weitsicht haben.

8. Wie fängt man frei laufende Pferde ein?

- Nicht hinter den Pferden herlaufen, dann flüchten sie nur noch schneller. Lieber im Gelände Abkürzungen suchen, damit man sich ruhig von der Seite nähern kann.
- Kein Halfter dabei? Wenn man die ausgebüxten Pferde kennt und sich an sie herantraut, kann man als Halfterersatz Strick, Schal, Jacke, Pulli oder Gürtel um den Hals schlingen. Nie ein Risiko mit fremden Pferden eingehen! Sie können nervös reagieren, sich plötzlich herumwerfen und austreten.

- Futterschüssel mit Hafer oder Pellets füllen und damit klappern. Das Geräusch erkennt fast jedes Pferd und stuft es als angenehm ein – und kommt hoffentlich vertrauensvoll näher.

- Pferde in einen Hausgarten leiten, Gartentor schließen. Giftpflanzen in Beeten abgrenzen, z. B. durch Gartenmöbel oder übergeworfene Decken.
- Autofahrer bitten, mit ihren Wagen eine dichte Barriere zu bilden, um die Flucht der Pferde auf stark befahrene Straßen zu verhindern.

9. Welche Verletzungen drohen beim Ausbruch?

Pferde in Panik nehmen Schmerzen nicht wahr und rennen trotz Verletzung weiter. Beim Galopp über Schottersteine brechen Hufe aus, die Pferde rutschen auf den Steinen ab und verletzen Sehnen und Gelenke. Schnell ist ein Hufeisen abgerissen. Auf spitzem Split drücken sich winzige Steinchen in den Huf und verursachen später Hufgeschwüre. Auf tiefen oder rutschigen Böden, beim Tritt in Löcher und bei plötzlichen Wendungen können Sehnen anreißen. Galopp auf Asphaltstraßen ist Gift für die Gelenke.

Bei der Flucht stürzen Pferde häufig und holen sich dabei Fleischwunden. Am Rumpf verheilen solche Verletzungen ausgezeichnet, in der Nähe von Gelenken (z.B. Knie, Schulter, Hüfte, Sprunggelenk) wächst die Haut viel schlechter zusammen, weil sie dort unter Spannung steht. Da muss der Tierarzt sorgfältig nähen und die Narbe beobachten. In speziellen Reha-Kliniken trainiert man Pferde nach Beinverletzungen in Wasserbecken und auf Laufbändern. Bei Sehnenschäden dauert die Heilung oft viele Monate, manchmal ein ganzes Jahr. Die gute Nachricht: Bei schonendem Training werden die kranken Vierbeiner meistens wieder fit und gesund.

10. Gefürchteter Hitzschlag

Bei schwülheißem Wetter droht ein Hitzschlag. Das Pferd fängt an zu taumeln und zu schwitzen, Puls und Atmung rasen, das Tier kann sogar zusammenbrechen. Auch wenn ihr entsetzt über den Anblick seid: Bitte nicht aufschreien oder hektisch umherrennen. Das macht das ohnehin verängstigte Pferd noch verrückter. Ihr könnt ihm helfen, indem ihr euch ruhig bewegt.

Normalerweise trifft ein Kreislauf-Schock Pferde bei unvernünftigen Distanzritten oder wenn sie bei großer Hitze und Gewitterluft in stickigen Pferdehängern oder Stallzelten stehen, wo keine frische Luft hereinkommt. Hitzschlag kann aber genauso gut ausgebrochene Pferde treffen, die nach der Flucht stundenlang durch die Mittagshitze rennen und nichts zu trinken finden.

Ein Hitzschlag ist lebensbedrohlich! Bis der Tierarzt kommt, könnt ihr dem Pferd Erste Hilfe leisten. Wenn es noch schwankend stehen kann, führt man es in den Schatten. Ein bereits liegendes Pferd lässt man auf dem Boden ruhen. Nicht hochtreiben! Im Liegen kann sich der Kreislauf etwas erholen. Holt einen Eimer Wasser und beginnt mit kalten Umschlägen zuerst am Kopf, im Genick, am Hals. Dann bedeckt ihr den gesamten Körper mit feuchtkühlen Tüchern. Nehmt dazu, was ihr gerade findet: Handtücher, Decken, notfalls T-Shirts. Man darf den Pferdekörper auf keinen Fall mit dem Schlauch abspritzen oder einfach mit einem Eimer Wasser übergießen, das verursacht einen neuen Schock. Findet ihr kein Wasser, z.B. im Gelände, buddelt feuchte, kühle Erde aus dem nächsten Straßengraben und bedeckt das Pferd damit. Sobald es wieder reagiert, bietet man ihm Wasser an, aber immer nur literweise mit Pausen dazwischen.

11. Beine kühlen, aber richtig

Kaltes Wasser tut belasteten Pferdebeinen gut, wenn sie nach ihrem Ausbruch glücklich wieder im Heimatstall gelandet sind. Der Strahl aus dem Schlauch soll sich weich anfühlen, deshalb dreht man den Wasserhahn nur sehr wenig auf. Mindestens zehn bis fünfzehn Minuten kühlen. Husch, husch über die Beine hilft nicht. Unten am Huf fängt man an und führt den Wasserstrahl langsam höher. Hat dein Pferd Angst vor dem Schlauch? Dann nimm lieber Schwamm und Eimer und begieße die Beine in Handarbeit.

Achtung: Nicht kühlen, bevor der Tierarzt kommt. Kälte bekämpft nämlich Schwellungen, warme Stellen und Schmerzen. Nach der Wasserkur fühlen die Pferdebeine sich normal und kühl an, dadurch fehlen dem Tierarzt wichtige Hinweise auf Verletzungen.

Margot Berger
Wahre Pferdegeschichten

978-3-401-50556-5

978-3-401-50557-2

Auch als E-Book erhältlich

978-3-401-50558-9

Auch als E-Book erhältlich

978-3-401-50559-6

Margot Berger
Pepper und Flo

Auch als E-Book erhältlich

978-3-401-50545-9

Ein Wunschpferd kommt selten allein

Endlich – Flo bekommt ihr eigenes Pferd! Sie weiß auch schon genau, welches es werden soll: nämlich Pepper, der supersüße Braune aus ihrem Reitstall. Dummerweise ist Pepper aber auch das beliebteste Schulpferd des Stalls – und sowohl Flos Vater als auch Peppers Eigentümer sind von ihrem Wunsch gar nicht begeistert. Wird Flos großer Traum dennoch in Erfüllung gehen?

978-3-401-50546-6

Ferien auf der Sommerweide

Weil der Habichthof umgebaut wird, müssen Flos Holsteiner Pepper und Emilys Haflinger Alpino auf die Sommerweide umziehen. Das Größte daran: Die Mädchen dürfen die Versorgung ihrer Lieblinge selbst übernehmen, komplett von Abäppeln bis Wasser schleppen. Die beiden ahnen nicht, was da für ein Riesen-Abenteuer auf sie zukommt – und dass daran beinahe ihre Freundschaft zerbricht.

978-3-401-50547-3

Ritt ins Abenteuer

Flo jubelt: Vince und die anderen Jungs dürfen mit auf den großen Wanderritt! Mit Übernachtung im Großensee-Camp! Logisch, dass Flo dem Ausritt mit der Clique entgegenfiebert, auch wenn Melly, die Oberzicke, wieder querschlägt ohne Ende. Doch dann kriegt Flo vor lauter Herzklopfen ganz schön die Krise. Plötzlich steht sie vor der fiesen Frage: Wer ist wichtiger – ihr geliebtes Pferd Pepper oder ihr großer Schwarm Vincent?

Arena

Jeder Band:
Arena-Taschenbuch
www.arena-verlag.de

Federica de Cesco

Pferde, Wind und Sonne

Ferien in der Camargue! Für Sophie geht ein Traum in Erfüllung: Sonne, Wind und Pferde! Besonders der wilde Hengst Etoile hat es Sophie angetan. Ihr gelingt es als Einzige, Zugang zu dem stolzen Tier zu finden. Doch als Alain, der Neffe der Gutsbesitzerin, versucht, den Hengst zu bezwingen, kommt es zum Kampf auf Leben und Tod.

184 Seiten • Arena Taschenbuch
ISBN 978-3-401-50649-4

Im Wind der Camargue

Obwohl Estellas Vater beim Einfangen eines ausgebrochenen Stieres tödlich verunglückt ist, möchte das Mädchen auch ein Guardian – ein Stierhüter – werden. Nicht nur Hitze und Kälte, sondern auch die Vorurteile der anderen Guardians machen Estella schwer zu schaffen. Bald steht sie vor einer schmerzlichen Entscheidung …

192 Seiten • Arena Taschenbuch
ISBN 978-3-401-50464-3
www.arena-verlag.de

Jutta Beyrichen

Der Ruf der Pferde

Seit ihr bester Freund bei einem Reitunfall ums Leben gekommen ist, gibt es für Patricia nur noch Schmerz und Verzweiflung. Erst ein Urlaub im schottischen Hochland ändert alles für sie. Denn dort stößt die 14-Jährige auf die junge Stute Dallis, die genauso verstört zu sein scheint wie sie selbst. Behutsam versucht sie, das Pferd aus seiner Isolation zu befreien. Doch dann werden mit einem Schlag Patricias Bemühungen zunichtegemacht ...

Arena

Auch als E-Book erhältlich

312 Seiten · Arena Taschenbuch
Kartoniert
ISBN 978-3-401-50809-2
www.arena-verlag.de